Oscar classici moderni

Federigo Tozzi

Con gli occhi chiusi

OSCAR MONDADORI

I edizione Oscar classici moderni novembre 1994

ISBN 978-88-04-48766-1

Questo volume è stato stampato
presso Mondadori Printing S.p.A.
Stabilimento NSM - Cles (TN)
Stampato in Italia. Printed in Italy

Ristampe:

14 15 16 17 18 19 20 21

2007 2008 2009 2010 2011

www.librimondadori.it

Federigo Tozzi

La vita

Federigo Tozzi nasce a Siena il 1º gennaio 1883. La madre, remissiva e di salute malferma, morirà nel 1895; il padre, un uomo rozzo, volgare, ha concluso la propria ascesa affiancando alla piccola proprietà terriera quella di una trattoria. Scontroso e ribelle, Federigo compie i primi studi irregolarmente, tra cambi di scuole ed espulsioni; ma legge con curiosità ed eclettismo. A diciotto anni si innamora di una cameriera dell'osteria paterna, Isola (la Ghìsola di *Con gli occhi chiusi*). Nel 1902, l'anno stesso in cui abbandona gli studi, inizia a corrispondere con Emma Palagi, che ha conosciuto grazie a un'inserzione su un quotidiano e che diverrà sua moglie. (Le lettere saranno pubblicate nel 1925, con il titolo *Novale*.) Ma una lunga malattia venerea lo costringe all'isolamento dal 1904 al 1905; guarito, si dà alla lettura dei classici italiani. Intanto i rapporti con il padre, risposatosi nel 1900, vanno peggiorando. Per sottrarsi a lui, si fa assumere nelle Ferrovie dello Stato prima a Pontedera, poi a Firenze. È il 1908: la morte del padre e l'eredità gli consentono di abbandonare presto l'impiego, di sposarsi, di intensificare l'attività letteraria. Ritiratosi nel podere di Castagneto, scrive novelle e liriche; nel 1910 pubblica alcune prose sulla rivista socialista «Pagine libere»; nel 1911 esce il primo libro, la raccolta di versi *La zampogna verde*. Il 1912 è l'anno della conversione al cattolicesimo, dell'abbandono delle giovanili e confuse simpatie socialiste, della fondazione, insieme a Domenico Giuliotti, della rivista «La Torre», «organo della reazione spirituale italiana». Nel 1914 completa *Con gli occhi chiusi* e pubblica alcuni brani di *Bestie*, che uscirà in volume presso Treves nel 1917, grazie all'interessamento dell'amico Borgese. Il trasferimento a Roma, sempre nel 1914, è mosso dalla volontà di affermarsi, anche con il giornalismo;

lo segnano gli incontri con Grazia Deledda, Sibilla Aleramo, Goffredo Bellonci e, più tardi, Marino Moretti, Alfredo Panzini, Luigi Pirandello. Dal '18 lavora per il «Messaggero di Roma», diretto da Pirandello, e si dedica alla stesura del *Podere* (iniziato nel '15) e di *Tre croci*. Nel 1919 esce *Con gli occhi chiusi*, ancora da Treves, al quale Tozzi promette un nuovo romanzo, appunto *Tre croci*, e una raccolta di novelle, *Giovani*. Il lavoro letterario lo impegna con soddisfazione; ma una sera di marzo del 1920 lascia aperta la finestra della camera da letto, si addormenta e viene colto da quella che allora si chiamava febbre spagnola, oggi polmonite. Il 21 dello stesso mese, all'alba, muore.

Le opere

Sulla formazione letteraria di Tozzi agiscono due istanze in attrito. Da una parte il gusto per la bella pagina come organismo autonomo, alimentato di dannunzianesimo e, attraverso il filtro dannunziano, di prosa toscana trecentesca; dall'altro l'interesse narrativo, condizionato dal naturalismo e, in particolare, da Verga. Tozzi tenta presto la via della novella e del romanzo: *Con gli occhi chiusi* è iniziato nel 1908; l'incompiuto *Adele*, edito solo nel 1979, è del 1909-11. Ma le sue prove giovanili più insistite sono nel campo del *poème en prose*: tra il 1906 e il 1910-11 scrive *Barche capovolte*, tra il '16 e il '17 *Cose* e *Persone*, raccolti in volume nel 1981. Il suo primo libro importante, del resto, è *Bestie* (1917), il cui nucleo più antico risale al 1912: una raccolta di brani a sé, tenuti insieme dal fatto che in tutti appare, più o meno giustificato ed evocativo, un animale. Sono gli anni del frammentismo vociano, della ricerca di una scrittura lirica, concentrata fino all'espressionismo, e del rifiuto del racconto. Il passaggio da *Bestie* alla produzione romanzesca è perciò un atto di coraggio innovativo. Il problema non riguarda solo l'acquisizione delle forme narrative, ma investe anche le forme della percezione della realtà. Nel frammento le cose quotidiane si dilatano in «poemi immensi», in simboli; i nessi di causalità sono infranti e sostituiti dall'analogismo; ogni evento è ricondotto entro la sfera della soggettività. È chiaro che questi presupposti implicano la dissoluzione del romanzo ottocentesco e minano la possibilità stessa del realismo. Eppure, proprio la tradizione naturalista è disposta ad accoglierli. Certo, essa fa dei legami tra causa ed effetto dei principi scientifici; ma in Zola, in Maupassant o in Verga l'oggetto può alonarsi di simbolismo, e alla soggettività può essere prestata la voce dell'indiretto libero. È come se Tozzi, educato al frammento, estremizzasse in chiave antinaturalista i tratti più sperimentali del naturalismo stesso.

I problemi restano, semmai, due: la struttura, e come evitare di confondere la soggettività del personaggio con la soggettività dell'autore. *Adele*, da questo punto di vista, è un fallimento. Alla protagonista è concesso un soggettivismo in terza persona, fatto di intimismi, memorie, sogni; l'azione e la narrazione naturaliste spettano invece ai personaggi secondari. I due versanti non si fondono, e il libro è lasciato incompiuto.

La realizzazione di una nuova forma romanzesca si ha invece in *Con gli occhi chiusi* (scritto tra il 1908 e il 1915, pubblicato nel '19). La vicenda è fortemente autobiografica: ciò non toglie che Tozzi possa procedere con una lucidità crudele, flaubertiana. Egli si muove tra adesione al canone naturalista, a partire dall'ambiente rusticano e piccolo-borghese, e sua corrosione. I nessi causali vengono forzati e offuscati, sia nell'agire dei personaggi, che oscilla tra animalità verista e nevrosi contemporanea, sia nel montaggio delle sequenze narrative. L'ordine cronologico è di norma quello naturale: ma tra un episodio e l'altro c'è spesso il vuoto, così da mettere in luce criteri di associazione analogica e suggestiva. Allo stesso modo il realismo descrittivo vira spesso al simbolico, anche grazie a una prosa lavorata con esattezza e senza bellettrismi. E così i momenti onirici sono integrati al racconto diventando elementi di psicologia, o meglio di quotidiana psicopatologia. «Talvolta io sento la mia anima piena di occhi chiusi», era scritto in *Barche capovolte*: il Pietro Rosi del romanzo è, oltre che una proiezione dell'autore, una delle prime attestazioni del mito novecentesco della crisi dell'individuo e delle categorie di realtà.

Con *Tre croci* (1915-18, edito nel '20), storia del crollo economico e morale dei tre fratelli Gambi, Tozzi giunge a una narrazione più asciutta e tesa. Il paesaggio senese è, più che lirico-simbolico, petroso, fisso in un'atonia surreale; l'autobiografismo è estromesso; l'analisi interiore ha spazio molto ridotto, e le azioni dei personaggi si compiono senza che i loro moventi siano dichiarati o, addirittura, comprensibili. L'osservazione impersonale del romanziere realista ottocentesco si è mutata in sguardo freddo e inquieto sulla mutezza delle cose e su quanto c'è di «*misterioso*» in ogni «atto nostro».

Insieme a *Tre croci* è iniziato *Il podere*, composto però per la maggior parte nel 1918 (sarà pubblicato in volume nel 1921). Esso rappresenta una sorta di restaurazione naturalista: non il tipo psicologico del protagonista, Remigio Selmi, ma i moduli narrativi sono più vicini a canoni tradizionali di quanto accadesse nei romanzi precedenti. La trama autobiografica (le questioni familiari di Tozzi alla morte del padre) è riletta in chiave tragica e alla luce dell'ossessione per la «roba». Di questa ossessione, però, il protagonista è non il portatore, come in Verga o ancora in *Tre croci*, ma la vittima: anzi, essa lo respinge verso quell'inettitudine che è, da Pirandello a Svevo, la condizione dell'antieroe novecentesco.

Su questa figura insistono i *Ricordi di un impiegato* (lo spunto è del 1910, l'elaborazione del 1919-20) e *Gli egoisti* (1918-20), entrambi postumi. Il primo è un diario dello squallore quotidiano, in cui l'inettitudine si chiarisce come nevrosi e desolazione dell'esistere. L'analisi dei fatti sociali sfuma di fronte all'invadenza degli eventi interiori: il legame con il naturalismo, insomma, si allenta. Il secondo è un romanzo psicologico che ritorna ai modi tradizionali del racconto introspettivo e, con qualche paradosso, a D'Annunzio. Questa volta, però, l'ideologia antiparlamentarista e cattolica preme come mai prima sulle strutture narrative: tanto che, nel finale, compare l'ombra di una possibile pacificazione.

È invece nelle novelle (*Giovani* e *L'amore*, 1920; altre pubblicate su rivista) che Tozzi conserva il suo modo di narrare ellittico e straniato, il suo stile intenso e duro: e, insieme, la sua originalità e la sua grandezza.

La fortuna

Già *Bestie* e *Con gli occhi chiusi* suscitano l'interesse di recensori importanti: oltre a Pirandello, si occupano dell'esordiente, sui maggiori quotidiani nazionali, Bellonci, Pancrazi, Papini, Prezzolini, De Robertis, Cecchi. Ma il primo riconoscimento che sia pure una efficace ricostruzione critica viene da Borgese. Mosso dalla polemica antiframmentista, egli vede bene che il problema centrale è il romanzo, e la nuova forma che questo deve assumere. Tuttavia, per almeno tre decenni, su Tozzi grava l'equivoco. Negli anni Trenta il caso Tozzi è anche un caso ideologico. L'apprezzamento giunge al cattolico reazionario dai fascisti di sinistra della rivista «Strapaese», come i giovani Pratolini e Bilenchi. Parte da qui una linea di narrativa toscana che arriva fino a Cassola, e che in Tozzi riconosce la propria origine. Ma gli anni Trenta sono anche gli anni di «Solaria»: per la quale Tozzi, ponendosi tra innovazione e tradizione, rappresenta piuttosto uno scrittore aperto al clima culturale europeo.

Le resistenze, in realtà, rimangono. L'accusa dei crociani (Gargiulo, Pancrazi, Luigi Russo) è sempre la stessa: Tozzi è troppo condizionato dalla propria esperienza personale per essere realmente artista e per raggiungere l'oggettività richiesta al romanziere. È l'ennesima riprova che in Italia, sotto l'insegna di Croce, si celebra l'incomprensione della modernità.

Un'altra cultura, difatti, produce letture di segno opposto. Dall'autobiografismo e dai riflessi patologici che questo imprime sulla scrittura parte ancora Giacomo Debenedetti, cui si deve, dagli anni Sessanta, il rilancio di Tozzi. Nel saggio su *Con gli occhi chiusi* e nelle lezioni raccolte nel *Romanzo del Novecento* il critico però aggira l'ostacolo. Forte della conoscenza di Freud e dello studio di Proust, Joyce e Kafka, egli riconosce le ossessioni dell'uomo Tozzi, riconducendole al complesso edipico; ma, anziché considerarle un limite, vede in esse la materia con cui Tozzi scrittore crea un nuovo protagonista e una nuova forma di romanzo. Tozzi è così l'antinaturalista che, seppure inconsapevolmente, inaugura in Italia un analogo del racconto per epifanie di Joyce e che ha per compagni ideali Pirandello e Kafka, Franz Marc e Picasso.

Con Debenedetti fa i conti tutta la critica successiva. In

una linea di continuità sono Baldacci, che insiste sulla compresenza di «realismo del profondo» e di «registro visionario»; Maxia, forse troppo irrigidito in una lettura psicoanalitica di primo grado; Luperini, che sottolinea il ruolo di Tozzi nella crisi europea del naturalismo; e così Rossi o Luti. Più distante (ma in una distanza che non esclude certo il debito) è invece Marchi, che studia le radici della cultura psicologica di Tozzi e le individua nella psicologia biologica prefreudiana; o anche l'attenta ricostruzione di Petroni, per il quale, attraverso il cattolicesimo, Tozzi legittima consapevolmente la propria sensibilità.

Liberato dalle accuse di ingenuità culturale o, peggio, di irrisolta nevrosi scrittoria, l'autore di *Con gli occhi chiusi* si va insomma affermando come un classico del nostro secolo: sebbene la sua penetrazione nella scuola, e di conseguenza nel grande pubblico, resti ancora lenta ed esitante. Ma la difesa della difficoltà di Tozzi è, nota Luperini, una difesa del moderno.

Bibliografia

Prima edizione:

Con gli occhi chiusi, Treves, Milano 1919.

Opere di Federigo Tozzi:

Sono raccolte in *Opere*, 4 voll., a cura di G. Tozzi, Vallecchi, Firenze 1961-81; e, come scelta antologica, in *Opere*, a cura di M. Marchi, con introduzione di G. Luti, Mondadori, Milano 1987.

La zampogna verde, Puccini, Ancona 1911.

La città della Vergine, Formiggini, Genova 1913.

Antologia d'antichi scrittori senesi, Giuntini-Bentivoglio, Siena 1913.

Mascherate e strambotti della Congrega dei Rozzi di Siena, Giuntini-Bentivoglio, Siena 1915.

Bestie, Treves, Milano 1917.

Le cose più belle di Santa Caterina da Siena, Carabba, Lanciano 1918.
Tre croci, Treves, Milano 1920.
L'amore, Vitagliano, Milano 1920.
Giovani, Treves, Milano 1920.
Il podere, Treves, Milano 1921; già in «Noi e il mondo» aprile 1920 - marzo 1921.
Gli egoisti - L'incalco, Mondadori, Milano-Roma 1923.
Ricordi di un impiegato, Mondadori, Milano 1927, già in «La Rivista letteraria», s. I, vol. II, maggio 1920.
Novale, Mondadori, Milano 1925.
Realtà di ieri e di oggi, Alpes, Milano 1928.
L'immagine e altri racconti, Vallecchi, Firenze 1946.
Nuovi racconti, Vallecchi, Firenze 1960.
Adele, Vallecchi, Firenze 1979.
Cose e Persone. Inediti e altre prose, in *Opere*, vol. IV, Vallecchi, Firenze 1981.
Pagine critiche, ETS, Pisa 1993.

Saggi su Federigo Tozzi:

G. A. Borgese, *Tempo di edificare*, Treves, Milano 1923.
U. Olobardi, *Saggi su Tozzi e Pea*, Vallerini, Pisa-Roma 1940.
F. Ulivi, *Federigo Tozzi*, Mursia, Milano 1962.
G. Luti, *L'esperienza di Federigo Tozzi*, in *Narrativa italiana dell'Otto e Novecento*, Sansoni, Firenze 1964, pp. 167-215.
G. Contini, *Federigo Tozzi*, in *Letteratura dell'Italia Unita 1861-1968*, Sansoni, Firenze 1968, pp. 937-938.
L. Baldacci, *Le illuminazioni di Tozzi*, in «Il Bimestre», n. 9-10, 1970; poi in *Libretti d'opera e altri saggi*, Vallecchi, Firenze 1974, pp.72-100.
G. Debenedetti, *Tozzi da «Novale» ai «Ricordi»* in *Il romanzo del Novecento*, Garzanti, Milano 1971, pp. 55-107 e 125-256.
C. Carabba, *Federigo Tozzi*, La Nuova Italia, Firenze 1972.
S. Maxia, *Uomini e bestie nella narrativa di Federigo Tozzi*, Liviana, Padova 1972.
A. Rossi, *Modelli e scrittura di un romanzo tozziano. Il podere*, Liviana, Padova 1972.

R. Luperini, *Naturalismo e antinaturalismo*, in AA.VV., *La narrativa nella Toscana del Novecento*, a cura di G. Gerola, Vallecchi, Firenze 1984, pp. 25-34.

G. Luti, *Tozzi e la tradizione narrativa toscana*, in «Antologia Vieusseux», n. 73-74, gennaio-giugno 1984, pp. 65-76

F. Petroni, *Ideologia del mistero e logica dell'inconscio nei romanzi di Federigo Tozzi*, Manzuoli, Firenze 1984.

L. Baldacci, *Tozzi moderno*, Einaudi, Torino 1993.

M. Marchi, *Federigo Tozzi. Ipotesi e documenti*, Marietti, Genova 1993.

R. Luperini, *Il «solco aperto» di Tozzi. Strategie di scrittura e di lettura nelle novelle*, in F. Tozzi, *Giovani e altre novelle*, Rizzoli, Milano 1994.

Saggi su "Con gli occhi chiusi":

L. Pirandello, *Con gli occhi chiusi*, in «Il Messaggero della Domenica», 13 aprile 1919, ora in *Saggi, poesie, scritti varii*, Mondadori, Milano 1960.

G. Debenedetti, *Con gli occhi chiusi*, in «Aut-Aut» n. 78, 1963; poi in *Il personaggio-uomo*, Il Saggiatore, Milano 1970.

E. Gioanola, *Gli occhi chiusi di Federigo Tozzi*, in «Otto/Novecento», n. 1, 1980.

Con gli occhi chiusi

Alla moglie

Usciti dalla trattoria i cuochi e i camerieri, Domenico Rosi, il padrone, rimase a contare in fretta, al lume di una candela che sgocciolava fitto, il denaro della giornata. Gli si strinsero le dita toccando due biglietti da cinquanta lire; e, prima di metterli nel portafogli di cuoio giallo, li guardò un'altra volta, piegati; e soffiò su la fiammella avvicinandocisi con la bocca. Se la candela non si fosse consumata troppo, avrebbe contato anche l'altro denaro nel cassetto della moglie; ma chiuse la porta, dandoci poi una ginocchiata forte per essere sicuro che aveva girato bene la chiave. Di casa stava dall'altra parte della strada, quasi dirimpetto.

Ormai erano trent'anni di questa vita; ma ricordava sempre i primi guadagni, e gli piaceva alla fine d'ogni giorno sentire in fondo all'anima la carezza del passato: era come un bell'incasso.

La sua trattoria! Qualche volta, parlandone, batteva su le pareti le mani aperte; per soddisfazione e per vanto.

Restato contadino, benché avesse presto mutato mestiere, era capace di pigliare a pugni uno che non avesse avuto fede alla sua sincerità. E credeva che Dio, quasi per accontentarlo, avesse pensato, insieme con lui, alla sua fortuna. Del resto, sentiva la necessità di arricchire di più; per paura delle invidie. Quanti avrebbero fatto di tutto per rivederlo senza un soldo!

Le sue quattro sorelle e i suoi tre fratelli erano rimasti poveri al loro paese di maremma, a Civitella, tra le boscaglie piene di cinghiali; nella casa di pietre scheggiate, con la scala che si muoveva sotto i piedi, fatta con i sassi presi dal fiume, con le finestre in faccia a una montagna di galestro tanto a ridosso e ripida che pareva di rimanerci sotto, quasi avesse dovuto un giorno o l'altro precipitare. E il Rosi pensava al suo paese troppo angusto, come ad una cosa che non esistesse più, o almeno soltanto per gli altri: i ricordi della giovinezza avevano la stessa importanza dei teatri e delle figure dei giornali, che egli odiava con disprezzo: stupidaggini piacevoli per gli sfaccendati, che avevano soldi da buttar via. Lo stesso pensava per chi fumava. E nessuno, perciò, poteva dire d'averlo visto mai al teatro; o, peggio, con il sigaro in bocca! Egli era troppo astuto!

A pena stabilitosi a Siena, a vent'anni, sposò Anna, una bastarda senza dote, piuttosto bella e più giovine di lui; aprendo un'osteria che con l'andar del tempo divenne una delle migliori trattorie della città: *Il Pesce Azzurro.*

Ora avevano un figliolo che ormai terminava tredici anni, Pietro; ma prima di quello n'erano nati sette altri, morti l'uno dopo l'altro a pena tolti da balia. Pietro, molto tardi per riguardo alla sua salute, lo mandavano al seminario, ch'era la scuola più vicina; tra gli alunni chiamati esterni; cioè tra quelli che prendevano le lezioni con i seminaristi, e poi tornavano a casa senza aver l'obbligo però di vestire come loro. Il penultimo parto aveva lasciato le convulsioni ad Anna; che, del resto, era stata sempre soggetta a qualche sintomo isterico: una malattia che faceva ridere Domenico, una specie di facezia ch'egli non capiva. E se ne irritava come se l'offendesse, quando il ridere non portava nessun rimedio; e c'era alla farmacia il conto da pagare.

Anna, remissiva e fanatica per lui, accortasi, alla fine, dopo tanti anni di matrimonio, che la tradiva, aveva creduto più di una volta che le tirassero giù il cuore con tutte e due le mani; e si sentiva invecchiare e imbruttire prima del tempo. Quando ci pensava, gli occhi le si bagnavano; ma non ne parlava mai con nessuno: perché, per quanto fosse molto buona con tutti, non voleva amicizie. Però, si sentiva come soffocata, con una bontà quasi rabbiosa; e, odorando il suo aceto aromatico, le lacrime le andavano fin su le labbra.

Con il volto un poco rotondo, di donna ingrassata, non si capivano le sue collere repentine, che rivelavano un fondo nervoso per quanto innocuo: come certe rivolte di animali tormentati. Si ride, in fatti, che una gallina scannata annaspi o se un coniglio stride e cava l'unghie!

Accanto a Domenico, siccome desideravano un erede, i figli morti doventavano anche per lei simili soltanto a tentativi astratti e dovuti abbandonare, certo a fine di bene; se il destino aveva voluto così. Perciò ella amava Pietro con un affetto superstizioso. Ma era incapace, per indole, di mostrargli una grande tenerezza; sebbene le piacesse d'averlo sempre vicino. Quando le si addormentava sopra una spalla, non si sarebbe mai decisa a farlo portare a letto da Rebecca; che era stata la sua balia e ora faceva da serva e da cantiniera.

Ma Domenico, tutto in faccende ed eccitato, senza smettere di lavorare, gridava dalla cucina:

– Tieni codesto peso addosso?

Ed ella, perché non venisse da sé ad alzarlo con quelle sue braccia scamiciate, lo svegliava e lo mandava a letto. E la sera dopo gli diceva, sottovoce e stizzita d'obbedire:

– Mi dài fastidio: non ti avvicinare.

Ma Pietro non le dava retta, e si ficcava tra lei e un bracciale della poltrona tenendole una mano; e chiudendo gli occhi con il sonno. Anna, allora, svincolava la mano perché aveva da rendere i resti ai camerieri; e anche da salutare gli avventori che entravano e uscivano. La trattoria seguitava fino a tardi ad esser piena. Il lavoro eccitava anche lei; ma, verso la mezzanotte, erano tutti stanchi e impazienti di riposare. Se restava ancora qualcuno a tavola, spengevano l'uno dopo l'altro tutti i lumi delle altre stanze. I camerieri si toglievano le giacche da lavoro; i cuochi si cambiavano le giubbe. In questi momenti di attesa e di sosta, Anna ne approfittava per finire tutti i suoi lavori di biancheria e anche per fare qualche ricamo dei più semplici: per non spendere troppo e per non saperli fare meglio. Ella, da ragazza, era stata cameriera; e non aveva avuto tempo d'imparare niente. Sapeva scrivere, però; e ci aveva preso così pratica, che non sbagliava mai le somme dei conti agli avventori.

Faceva tenere bene in ordine tutto: i piatti e le scodelle

sopra una vecchia madia, il pane e i fiaschi del vino dentro la dispensa. E sapeva trattare con i fornitori. I limoni se li sceglieva da sé, però con la sorveglianza e l'approvazione di Domenico, e con una meticolosità che la inorgogliva e che faceva piacere. Se il fruttivendolo era riuscito a dargliene uno di buccia grossa o sciupata, Domenico se lo faceva cambiare dopo averglielo battuto sotto il naso.

Anna, per lo più, andava a letto, se le era possibile, qualche mezz'ora prima di lui. Una notte, Domenico afferrò dalla sedia, portandolo nella strada, un macchinista briaco che s'ostinava a non uscir di bottega. Quegli allora aprì il coltello e gli si slanciò addosso. Ma Domenico si scansò, e i camerieri si misero di mezzo. Anna, ch'era lì, con la testa avvolta in uno scialle di lana, come teneva sempre, s'impressionò tanto che, in seguito, le sue convulsioni si fecero più frequenti e più forti. Per curarsi, il medico le disse di stare più che poteva a Poggio a' Meli, al podere comprato da poco. Il sabato tornava a Siena perché, essendo giorno di mercato, non avrebbe potuto lasciare la trattoria. Con lei andavano Pietro e Rebecca. Domenico dormiva in città; ma, ogni sera, per il giorno dopo, portava alla moglie una sporta di vivande, nel suo legnetto a due posti; stringendola con le gambe, perché non cadesse.

Poggio a' Meli si trovava fuori di Porta Camollia per quella strada piuttosto solitaria che dal Palazzo dei Diavoli va a finire poco più in là del convento di Poggio al Vento. C'era una vecchia casetta rintonacata di rosso, a un piano solo; e congiunta al tinaio e alle abitazioni degli assalariati fatte sopra le stalle. Il rosso pareva molto bello a Domenico; mentre Anna, come le aveva anche detto qualche conoscente, avrebbe voluto scegliere o un celeste o un giallo canarino.

Si entrava subito nell'aia; con il pozzo da una parte e un pergolato a cerchio, sotto il quale Domenico teneva, a stagione buona, una dozzina di conche con le piante di limone: il solo lusso invece del giardino. Egli ne faceva un gran conto però, benché fosse stata una spesa che gli rendeva poco.

Molte volte, secondo l'umore, non voleva né meno che Pietro le toccasse.

Il podere era di qualche ettaro, con la siepe di marruche e di biancospini su la strada: un piccolissimo appezzamento pianeggiante e coltivato bene; il resto a pendice, fino al fosso di un'altra collinetta che regge le mura della Porta Camollia.

Lungo i confini, querci grosse e nere, con qualche noce alto alto; e, nei fondi, salci e orti, perché c'era l'acqua. Dall'aia si vedeva Siena.

Ogni domenica, a fin di mese, gli assalariati andavano, dopo la messa, alla trattoria; e il Rosi li pagava, facendosi fare da ognuno una croce, alla meglio, sopra le marche da bollo. Allora spiegava le sue intenzioni e discuteva dei lavori. Era sempre poco contento; e li minacciava, immancabilmente, di mandarli via. Poi, ripetuti sempre a voce più forte gli ordini da eseguirsi il giorno dopo, diceva che se ne potevano tornare a casa; ed egli, perché era già l'ora che gli avventori andavano a mangiare, si tirava su subito le maniche della camicia ed entrava in cucina. Per solito, mentre pagava, faceva colazione.

Il podere, benché piccolo e con le case in quel modo, era bello: ci si trovava una dolcezza che invogliava a starci: cinque cipressi, in fila, dietro il muricciolo dell'aia; e poi tutto pieno d'olivi e di frutti. Qualcuno, dopo aver due o tre volte girato gli occhi attorno, diceva: «se fosse più grande, piacerebbe meno!» L'appezzamento pianeggiante era di una terra scura e rossiccia; il resto di tufo asciutto e sodo, quasi giallo. A primavera, meno il lavorato con l'aratro o con la vanga, doventava di cento verdi; e l'autunno ci metteva un bel pezzo a scolorirli.

Per la strada passavano, di solito, a seconda delle ore, qualche cappuccino la mattina, i contadini e i loro carri sempre; tutti i giovedì, verso mezzogiorno, i mendicanti che andavano a mangiare la zuppa del convento. In autunno c'erano anche parecchie famiglie di villeggianti, e i forestieri d'una pensione: e questi stavano fuori la sera. Le domeniche, a tempo bello, qualche comitiva che cantava; dopo aver bevuto alle trattorie e alle bettole del borgo fuori porta.

La strada è quasi da per tutto piana e stretta, con parecchie ville e altri poderi; e poi lecci, querci, castagni, cancelli di legno, siepi potate. Mentre si vedono le altre ville, molto più belle, che vanno alla chiesa di Marciano; e un ammasso di colline verso la parte di maremma e il Monte Amiata.

Quando un podere passa nelle mani di un altro proprietario che non sia uno sciocco, comincia presto a modificarsi in un modo visibile agli occhi di coloro che se n'intendono e poi di tutti. E il Rosi cambiò addirittura Poggio a' Meli. Egli fermava il cavallo quando fin nel mezzo della strada il vento aveva portato i fiori dei peschi e dei mandorli nuovi, fatti piantare da lui. Bestemmiando alzava gli occhi alle fronde restate con le foglie sole; e pigliava a frustate Toppa, che abbaiava e saltava dalla contentezza per il suo arrivo. Per ore intere andava lungo i filari, a vedere se c'era entrata la malattia. Qualcuno degli assalariati lo seguiva; e dovevano sempre assicurarlo che non era colpa di loro. Se gli pareva che una vite fosse stata legata male o se il suo palo non stava forte, si faceva portare un altro salcio e lì in presenza sua faceva rifare il lavoro.

Per la potatura degli olivi succedevano discussioni che non finivano più. Metteva da sé la scala dove giudicava meglio; ma non ci saliva perché era troppo grave: giù da terra, diceva quali erano i rami che dovevano esser tolti.

Oppure insegnava anche come dovevano tenere la vanga, per arrivare più a fondo.

Durante le svinature, puliva e sciacquava da sé le botti e i barili; e non si muoveva mai dalla cannella del tino.

Siccome Anna s'era affezionata a Rebecca, che il suo seduttore non aveva voluto sposare benché l'avesse resa madre, e a Domenico piaceva, avevano messo tra gli assalariati di Poggio a' Meli i suoi vecchi genitori Giacco e Masa. Erano poveri e avevano altre figliole che se n'erano andate a marito. Dopo qualche anno, perciò, si raccomandarono al padrone perché fosse contento di tenere Ghìsola, una loro nipote nata a Radda, figliola di una delle sorelle di Rebecca.

Giacco e Masa non buttavano via né meno un mezzo chiodo arrugginito. Giacco aveva i calzoni di frustagno verde così sparsi di toppe che della prima stoffa rimaneva solamente qualche strisciolina qua e là. Il fazzoletto che Masa portava in capo l'aveva comprato da giovine.

Siccome ella non riusciva mai a far da mangiare a tempo, Giacco s'impazientiva; e cominciava a imprecarla seguendo con gli occhi ogni passo di lei, che si confondeva e ci metteva di più. Bisognava vederla! Versava da un'ampolla di latta un filo d'olio, un filo così sottile come la punta di un ago. Sgocciolato bene il forellino, prima di richiudere l'ampolla dentro la madia, vi passava sopra la lingua più di una volta. La padellina bolliva, ed ella vi buttava aglio e cipolla tritata. Quando l'aglio era doventato giallo ed abbrustolito, metteva il soffritto nella pentola piena d'acqua salata; la riaccostava al fuoco ed intanto affettava un pane, appoggiandoselo al petto e spingendo il coltello con ambedue le mani. Il cane da guardia, Toppa, faceva sparire le briciole di mano in mano che cadevano. Masa, disperata, lo allontanava con un piede: voleva serbarle per le galline!

A pena entrato, Giacco si lavava in un catino di rame tutto ammaccature; poi sedeva passandosi le dita corte e callose sul volto.

Masa, finalmente, votava l'acqua sopra il pane affettato; e Ghìsola portava in tavola i cartocci del sale e del pepe, facendosi rimproverare perché sfregava troppo le spalle al muro per andare da un punto all'altro della stanza.

Giacco, pensando al vitello che gli aveva ficcato il muso sopra la schiena mentre gli empiva di erba la mangiatoia, sì che lo aveva fatto allontanare dicendogli: «non vedi che m'impeli tutto?» comandava alla moglie:

– Prima di venire a sedere, metti al fuoco il beverone per la bestiola. Lo sai; ma fingi sempre di scordartene.

Egli, finita la fatica, provava una gran tenerezza per quelle carezze nella stalla; quando l'alito del vitello era caldo e umido come il suo sudore. Ricordandosene, mangiava ir silenzio.

Anna, qualche volta, bussava alla loro porta. Allora si alzavano tutti e tre:

– È la padrona. Su, va ad aprire. Quanto ci metti?

*

Per tutto un inverno, Pietro non rivide Poggio a' Meli; udendone solo parlare tra il babbo e gli avventori: viti nuove, vivai di frutti, sementi più abbondanti; e il vino della prima vendemmia: un vino, però, chiaro chiaro; che sapeva di solfo e bruciava lo stomaco.

Qualche volta, alla trattoria, capitava Ghìsola zitta accanto alla zia Rebecca; ed egli la guardava senza andarle vicino. Ma gli faceva meno piacere; e sembrava che non si fossero parlati mai.

Dopo alcune febbriciattole, verso il giugno, tornò con la mamma in campagna. Siccome la casetta stava chiusa parecchi mesi dell'anno, ci trovavano sempre un odore di calcina e di topi: e le serrature, ad adoprarle, ci voleva forza. Chiamavano Giacco, la prima volta, per non farsi male alle mani; e Masa era incaricata di levare la polvere e le ragnatele che avevano empito le stanze.

Anche Ghìsola aiutava; ma non doveva toccare quel che si poteva rompere.

Pietro, il primo giorno, ebbe un'agitazione che gli toglieva la coscienza; e gli dolevano le glandole ancora gonfie dietro gli orecchi.

Sbarbava con una stratta tutte le piante che gli capitavano sotto mano, strappava i tralci alle viti; o con un palo batteva un albero finché si fosse sbucciato. Staccava le zampe e le ali ai grilli, e poi li infilzava con uno spillo. Stava attento quando una nuvola era sopra a lui; e, quand'era trascorsa, ne aspettava un'altra quasi per farsi vedere.

Alla fine piovve, senza tuonare, con uno sgocciolìo che non finiva più sotto alle docce. Poi, diradatesi le nuvole, alcuni sprazzi di luce s'indugiarono sopra le colline di là dalla pioggia, che le velava di tanti fili sottilissimi che il vento avrebbe potuto romperli tutti. L'arcobaleno si aperse; come se fosse stato lì già pronto.

Anna, dopo cena, chiamò in casa Masa e le altre donne degli assalariati; che entrarono inciampando insieme ad ogni passo.

– Mettetevi a sedere.

Risposero, come sempre:

– Ma, signora padrona, incomoderemo troppo.

– Vi dico che vi mettiate a sedere.

Anna ci teneva a fare la signora e ad essere rispettata, ma voleva bene da vero a quelle donne.

Ghìsola se ne stette seria e attenta dietro a tutte; e Pietro, che doveva studiare, dopo aver guardato la divisa dei suoi capelli, uniti come il refe avvoltolato al rocchetto, non fece più caso a lei se non quando la mamma le comandò di prendere un gomitolo nell'altra stanza. Ella obbedì rapidamente, come una grande marionetta; poi si rincantucciò, con gli occhi intenti alla trina della padrona, con i piedi su la stecca della sedia.

Anna, accorgendosene, si trasse alquanto indietro, sul canapè; alzò le mani e disse:

– Ecco: l'uncinetto si tiene così, poi gli si fa pigliare il filo... si avvolge da questa parte... si ripiglia. Non c'è da sbagliare.

Orsola, il cui naso era rosso di una ectasia venosa, rispose senza aver capito niente:

– Com'è brava!

Masa si volse alla nipote:

– Quanto saresti contenta se tu potessi imparare?

Allora Orsola, grattandosi i capelli con un ferro della sua calza, disse:

– Ghìsola è giovine, e le dita le si prestano bene. Ma noi non possiamo piegarle.

– E non ci vediamo abbastanza.

Aggiunse quella che aveva la vista più debole, Adele.

– Ma che sappiamo fare noi? Un poco di acqua cotta per i nostri uomini. E male anche quella.

Tutte risero, e Masa esclamò:

– Ma guardate che dita delicate ha la padrona! Sembra perfino impossibile!

Anna lasciò la trina; e, arrossendo, mise una mano sopra la tavola, alla luce; facendola vedere da ambedue le parti: era piccola e grassoccia, con le unghie corte e gonfie.

Pietro ascoltava, ma gli pareva che le persone intorno a lui agissero come nei sogni; e la mamma, rivolgendosi a lui doveva ripetere due o tre volte la stessa cosa:

– Ma perché sei così distratto? E pure tu capisci quel che si dice!

Egli, con un'apprensione strana, temeva di rispondere. E dalla sedia andò sul canapè, incapace di sottrarsi a una specie di spavento a cui s'era abituato; subendo quel fascino di allontanamento, che talvolta gli dava un terribile benessere; finché il sonno non gli fece ciondolare la testa su le ginocchia. Ghìsola, ad un cenno della padrona, gli si avvicinò e gli bucò, appena, con un ferro della calza, una mano, perché si smuovesse. Pietro finse prima di non sentirla, ancora immerso in quel suo abisso schiacciato. Poi, senza alzare gli occhi, la maltrattò. Ora Ghìsola apparteneva a quella brusca realtà meno forte delle sue astrazioni. Sentì tale differenza, con pena acre.

– Mi hai fatto male!

Egli era già meno tranquillo, con un viso bianco che pareva consunto; e, perché non si mettesse a piangere, Anna rimandò via la contadina prima del solito. Ghìsola, quasi offesa e con timore, se l'era svignata subito.

La pioggia, ricominciata dopo il tramonto, faceva un crepitìo sommesso fra le lucciole che non si diradavano. Qualcuna aderiva ad uno stelo di grano, e non si moveva più: si vedeva la sua luce immobile, sempre accesa, sotto i colpi delle gocciole.

Pietro si fece spogliare, con gli occhi che non stavano aperti, pieno di sogni. La mamma, quando fu a letto, gli disse guardandolo:

– Sono tre sere che non dici né meno un'avemaria! Ségnati.

Avrebbe obbedito se fosse stato più desto: mosse il braccio ma non arrivò a toccarsi la fronte, sentendo il segno della croce addosso; con un senso delizioso di quel che aveva detto a Ghìsola. S'addormentò vedendo la mamma che simile a un'ombra girava intorno al letto per benedirlo.

– Dammi la buona notte, almeno!

Ma egli già dormiva da vero quando Anna se ne andò riparando il lume con tutta la persona; dopo avergli messo sotto il piumino i calzinotti e le mutande.

Si destò a mezzanotte. Udì un usignolo, forse tra le querci del podere, accanto all'aia. Le sue note gli parvero un discorso, a cui rispondeva un'usignola di lontano. Allora li ascoltò ambedue a lungo, e non avrebbe voluto; e pensò che Ghìsola fosse fuori per prenderli. Ma si chiese perché le cose e le persone intorno a lui non gli potessero sembrare altro che un incubo oscillante e pesante.

Poi, nei sogni, sentiva la sua cattiveria; e credeva d'imprecare contro quel canto.

*

Masa, essendosi capovolto il suo lume ad olio, perché il chiodo era venuto via, attendeva che le accadesse una disgrazia.

Si sedé sul focolare spento, la cui pietra era ancora calda; torcendosi le mani dentro le sottane affondate tra le cosce, stropicciandosi le ciglia, toccandosi lo stomaco dove sentiva un grande ingombro.

Udendo i passi di Orsola, la moglie di Carlo, la chiamò; quantunque volesse stare zitta:

– Sapete che cosa ho fatto?

– No. Che cosa avete fatto?

Masa mosse le labbra, senza parlare.

– Ditemelo; non mi tenete in apprensione. Perché m'avete chiamata?

– Ho versato l'olio.

– Dite per scherzo?

– Non son mica come voi! Su queste cose non posso scherzare io!

– Né meno io, del resto. Badate!

Masa le avrebbe tirato uno schiaffo. Orsola rifletteva, a volto in giù, quale disgrazia potesse avvenirle.

– Ed io credo di non aver fatto niente di male.

– Ma queste cose non rispettano nessuno, lo sapete. Vi ricordate di quando la volpe straziò la chioccia che m'ero scordata di chiudere in casa? Allora, io avevo versato l'olio. E il mio marito mi voleva picchiare, come se non bastasse!

Masa si sdrusciò con il palmo di una mano una guancia; Orsola si grattò il petto, smuovendo con il pugno chiuso tutto il giacchetto dinanzi. Poi disse:

– Non ve la prendete. Venite a dirmi quello che vi succederà: sono curiosa di saperlo anch'io.

E la lasciò.

Masa andò incontro a Giacco e a Ghìsola, per assicurarsi che non erano morti nel campo. Ma a Giacco, per non essere rimproverata, non disse nulla. Ghìsola ne provò un terrore superstizioso; e non volle entrare in camera al buio, a cambiarsi il grembiale.

Ma avendo preso, su un pioppo dove s'era arrampicata da sé, un nido con cinque passerotti, se lo mise su le ginocchia; e cominciò a riempire di briciole le loro bocche spalancate. Li voleva far crescere; ma invece le venne voglia di ucciderli, eccitata dal suo terrore. Qualcuno chiudeva gli occhi; un altro all'improvviso alzava le ali, e invece ricadeva; sotto, uno pigolava sempre di seguito.

Allora, schiacciò con le dita la testa a tutti; e li cosse dentro il padellino del soffritto; mentre Masa, che non volle assaggiarli, cercava invano di distrarsi; raccomandandosi al crocifisso nero di fumo. Si sedeva, scuoteva la testa, metteva il capo fuori dell'uscio.

Toppa entrò sotto la tavola, e fiutò tutte le sedie una per volta; sbattendo la coda alla tovaglia di canapa; poi uscì.

Che cosa significava quel giro dentro la stanza? La nonna e la nipote si guardarono negli occhi.

Ma la disgrazia non avvenne; ed Orsola, dopo cena, disse a Masa:

– Ora non c'è più pericolo.

Ne fu invidiosa; e, accertatasi che l'olio era stato versato da vero, pensò:

«Tutte le fortune sono le sue!»

Ghìsola si mise alla finestra; tirando sputi, di quando in quando, sopra una cosa che per l'oscurità non riusciva a distinguere. Poi guardava un poco verso il cielo, dove era venuta sempre qualche altra stella.

Una striscia umida di nuvole color della seppia divideva esattamente dal cielo turchino l'orizzonte lucente di raggi serotini. Le chiome degli olivi sembravano un solo velo trattenuto e avvolto ai rami aperti di ciascun albero.

I cipressi dell'aia erano neri.

I moscerini e le farfalle bianche rasentavano la fronte della giovinetta; e una fragranza ignota s'avvicendava con il fetore caldo della stalla di sotto.

Una cicala fece uno stridò da un pesco, i cui fiori erano mollicci e resinosi: come se avesse sognato.

*

La farina! Masa sapeva bene quel che è la farina e quanto le costasse; la farina che le si attaccava alle dita, chiusa nella madia con un rispetto quasi fanatico.

Mangiava le fette di pane come un ragazzo di montagna si mette in bocca per la prima volta un pezzo di dolce ed ha paura di finirlo troppo presto. Senza toccarlo con le labbra, tagliandolo a morsi, con un movimento ammodato di tutta la bocca, lo inghiottiva con gli occhi fermi su quello che stringeva tra le dita; con una gamba sopra l'altra.

La farina era lei stessa e tutta la sua famiglia. E Giacco diceva:

– Non siamo fatti di pane anche noi?

E quando ficcava il braccio nudo dentro un sacco di grano, per assicurarsi che non fosse riscaldato, pareva che tutti i chicchi volessero andarglici attorno. Masa gli chiedeva:

– Ci sono entrati i farfallini?

– Sarebbe meglio che si rompessero le costole a te.

Masa arrossiva; ma era contenta.

*

Agostino, figliolo di un cavallaio che aveva due poderi a confine con Poggio a' Meli, non voleva che Pietro parlasse troppo a Ghìsola; per quell'amor proprio che nell'adolesceza somiglia alla gelosia. E capì che doveva odiare il rispetto ingenuo di Pietro; e compatirlo come una debolezza.

Ghìsola, infatti, dava al suo padroncino un senso di disagio e d'impaccio; ma egli voleva essere forte e cercava di convincersi che preferiva l'amicizia di Agostino; e con lui doventava remissivo ed obbediente; procurando d'indovinare le cose che pensava e non diceva a posta. Talvolta gli raccattava una pietra com'egli comandava soltanto guardandola; per tirarla a pena visto un uccello sopra un ramo accanto alla strada. E come il vento gonfiava la camicia d'Agostino, tutta sbottonata! Perché non aveva i polsi eguali a lui, le ciglia, gli orecchi, la camicia? E perché quando si provava a fare come lui, con la stessa aria di noncuranza, si trovava perso d'animo, senza fiato, con la paura di provocare la sua collera che lo faceva tremare? Perché non poteva sostenere il suo sguardo crucciato, impenetrabile e lucido, quando si provava a non rispondere alle sue domande e quando non aveva indovinato? Quello sguardo lo impauriva così come quando, senza essercene avvisti prima, ci si trova proprio ai piedi una fonte piena d'acqua.

Agostino aveva il naso piccolo e corto, di bambino, tutto lentigginoso; ma il suo collo era come quello di una bella donna; le mani fatte bene. I suoi colloqui con Ghìsola, che consistevano in parole senza senso, convenzionali, che capivano loro due soltanto, suscitavano in Pietro sentimenti inaspettati; ai quali da solo non avrebbe mai sognato. E il diletto d'ascoltarli era tanto! Anche gli pareva d'imparare chi sa che.

Ghìsola aveva un sorriso piacevole dicendo certe cose, che a lei sola potevano venire in mente; e Pietro si struggeva dalla voglia d'impararle come i suoi stornelli. Ma non riusciva né meno a cantare; e ne aveva vergogna. Talvolta non volendo che ridesse, le faceva qualche dispetto a posta.

Sotto il largo cappello di paglia, che le calava sempre sopra un orecchio, guarnito con un nastro di raso liso e con due rosette buttate via da Anna, il volto di Ghìsola era tranquillamente insignificante e sciatto.

Sembrava, con la sottana rimendata male, troppo semplice e quasi stupida.

Vi sono esseri che non chiedono nulla a nessuno e rinunziano a tutto; e, non essendo rispettati come gli altri, pare che di loro se ne possa fare quel che si vuole. Perciò quel che riguarda gli altri lo trovano antipatico. Se qualcuno li ama, non vogliono cambiarsi; chiedendo che cosa questo bene esiga. E allora lo evitano.

Quando Masa batteva le nocche su la fronte di Ghìsola dicendole: «che ci hai qui?» ella rispondeva quasi con esasperazione:

– Che ne sapete voi? Che ve ne importa?

Talvolta credeva, con piacere e con stizza, che il suo viso offendesse. Quando gli altri parlavano si metteva silenziosa; credendoli diffidenti. Non la interessava niente; obbediva a Masa e ai padroni, perché da se stessa non avrebbe pensato né meno alla calza; e sentiva malvolentieri che tutto ciò che esiste non era soltanto in lei.

Talvolta pareva piuttosto che parlasse con lo scalone di casa; quando, secondo il suo solito, ci stava seduta.

Non si sarebbe arrischiata ad avere qualche idea perché ne aveva troppe che non le si addicevano; come non si arrischiava, quando era andata alla trattoria, a chiedere le ghiottonerie che vedeva; e invece le avvampavano il viso, e la stordivano quanto le stanze calde a cui non era abituata.

Ma c'era in lei il presentimento e il senso di una vita, che le montava la testa come la ricchezza e il lusso degli altri.

*

Pietro, con gratitudine, sentiva vicino a Ghìsola le sue prime emozioni delicate. Ammirò un fiore quando gli venne voglia di coglierlo per lei; e, non arrischiandosi, lo buttava via; quando era ancora per non crederci, provando una diminuzione di se stesso. E come tutta la natura gli apparve a un tratto misteriosa, con violenza! Qualche cosa da disperarsene!

Era stato bocconi in terra, chiudendo tra le braccia un pulcino per tenerlo con sé! Aveva aiutato le formiche, togliendo dal loro cammino un bastone che dovevano valicare esitando e poi disperate: tremolando con un chicco troppo grosso, che le faceva cadere capovolte! Teneva con tenerezza un indovinello in mano, e lo rimproverava quando volava via!

Cercava di superare le sue malinconie; ma non poteva dimenticarle quanto avrebbe voluto. Talvolta ne era distaccato di soprassalto; e allora gli veniva uno stato mentale confuso e torbido che pareva sempre per andarsene. E aveva l'illusione che il suo spirito assumesse così enormi proporzioni che i suoi pensieri vi si smarrivano dentro, insieme con i loro echi improvvisi, come in una stanza troppo grande. Quante volte non s'era considerato perduto, mentre le imagini esteriori lo invadevano senza tregua! Ora gli pareva di avere la propria anima; ora diminuiva; mentre questi movimenti gli davano un malessere come quello delle vertigini.

Talvolta gli pareva di trovarsi a scuola dove tutto a un tratto entrava una grancassa; e allora si sentiva tanta voglia di ridere che si spaventava, soffocando il grido dell'incubo. Anna credeva che avesse male; e gli metteva una mano su la fronte, dicendogli:

– Ti viene la febbre?

Egli gridava, allora:

– No! No! Lasciami stare!

*

Era un anno dalla notte degli usignoli, un anno come tutti gli altri: la trattoria e gli avventori, Poggio a' Meli e gli assalariati.

Alla nuova primavera, Domenico aveva voluto fare grandi preparativi per le raccolte che aspettava migliori di prima. E andava di più al podere, quasi per compensarsi dello strapazzo alla trattoria. E siccome la stagione era buona, portava sempre con sé Pietro. Gli faceva bene, e forse non si sarebbe più riammalato!

Voleva che andasse nel campo, per occuparsi anche lui delle viti da potare e di tutte le altre faccende. Ma era come se Pietro non vedesse e non udisse niente. Domenico, allora, lo faceva riaccompagnare fino all'aia da qualcuna delle donne, che saliva dal campo con un fascio d'erba fresca o con la gramigna tolta al vangato.

Una volta Pietro s'era seduto ad attendere il padre su lo scalone di Giacco, dove stava sempre Ghìsola, perché senza avvedersene faceva come lei. Masa finiva di spazzare con una granata infilata a un vecchio manico d'ombrello; alzando una polvere così fitta che ne sentiva il sapore in bocca. Ella si raccomandò:

– Si alzi.

Ma egli non si mosse né meno. E la vecchia si fermò.

Tra quegli stracci d'ogni colore, le matassine di capelli, le scatolette sfondate, c'era una bambola fatta d'un pezzo di stoffa bianca intorno a un mestolo. Pietro ebbe voglia di raccattarla, e s'alzò. Ma la vecchia, preso tempo, gettò la spazzatura fuori dell'uscio. E allora quella bambola, rimasta supina, parve a Pietro che fosse viva. E non la toccò. Ghìsola, sopraggiunta dal campo, vistala tra la spazzatura, stette zitta perché la nonna da tanto tempo le aveva detto di buttarla via, ma fece viso da piangere. Masa le gridò:

– Pensi sempre a queste cose?

Pietro, per burlarla, affondò la bambola a calcagnate, nella melma; e poi ci si mise con furore, con il cuore palpitante, impaurito di vederla uscir fuori, pallido.

Ghìsola, guardandolo dall'uscio, borbottò:

– Stupido!

Pietro sentì rimorso, e tentò tutti i mezzi di riconciliarsi; ma lei gli volse le spalle, mangiando un pezzo di pane trovato nella madia. Allora egli aperse un temperino che aveva in tasca e le ferì una coscia. La giovinetta, impallidita, si sforzò di contenersi. Egli, credendo di non averle fatto male, con il temperino in mano, offeso e indispettito, fece l'atto di slanciarsi un'altra volta; ma ella, allora, gli tirò un calcio, e corse in camera buttando via il pane. La vecchia, al rumore delle sedie urtate, smise di spazzare e tornò in casa; andando a trovare Ghìsola che si sentiva frignare con quel frigno tutto unito e senza stacchi, che smette subito.

Pietro, solo in cucina, ridendo sommessamente di spavento, s'avvicinò pian piano per vedere. Ma in quel mentre Masa uscì e gridò con collera:

– Perché le ha fatto far sangue? Non deve esser così cattivo. Non voglio. Lo dirò al padrone.

– Io non ci ho colpa.

Masa, fuori di sé, mancò poco che non gli battesse qualche cosa su la testa.

Pietro, convinto di quel che diceva, giurò perfino con certi giuramenti che gli avevano fatto un grande effetto a impararli; tutto contento di aver trovato l'occasione di ripeterli.

Ma Domenico ed Anna lo picchiarono su le mani, in presenza di Masa e di Ghìsola; e gli fecero chiedere perdono. Allora Pietro, quantunque il castigo gli avesse fatto quasi piacere, si sentì lungo tempo mortificato, quasi che tutti i suoi scherzi lo portassero a qualche terrore. Gliene venne una superstizione tale che non giocò più, credendo anche che una volta o l'altra gli potesse succedere molto male. E ne aveva avuto la prova due anni prima: scaraventando un sasso, aveva ferito un altro ragazzo che si trovava, senza ch'egli lo sapesse, dietro una siepe. Perciò i suoi discorsi con Ghìsola presero un tono di gravità, quasi avessero dovuto nascondere un significato nuovo.

Dopo qualche mese, trovatala per caso sola nel campo, prima s'allontanò e poi tornò indietro, arrischiandosi a chiederle:

– Ti feci male parecchio?

I suoi piedi, che affondavano nella terra lavorata, gli davano un senso di sgomento. Ma ella lo guardò sorridendo:

– Quando?

– Quando ti ficcai, senza volere, il temperino nella carne.

Già quel sorriso, contrariandolo, gli aveva fatto perdere il filo.

– Ci pensa sempre?

Egli si meravigliò di trovare in lei un sentimento che non somigliava né meno a quello supposto; e le chiese:

– Te n'eri scordata, forse?

– Subito dopo.

Parve a lui che volesse dire: «queste son cose cattive e non ci si pensa».

– Ma devi aver sofferto da vero. Se tu vuoi fare ora lo stesso a me...

– Io?

– Ti giuro... Tu sai che quando giuro io è la verità. Non feci male a te?

E le spiegò che avrebbe dovuto, con quel temperino, fargli la stessa ferita; ed ella, per dargli a intendere che lo prendeva sul serio, rispose:

– Quando vuole...

Ma l'acconsentimento diminuì la sua voglia.

– Bisognerebbe che nessuno lo risapesse.

– Dirò che sono stato io.

Egli le prese la mano, perché tenesse il temperino; ma ella si divincolò subito, e fece una smorfia d'incredulità.

– Ho mai detto bugie io? Non sono Agostino!

Ma gli parve così scontenta di quell'insistenza ch'egli se n'andò, battendo le mani su le spighe dell'avena alta; tutto confuso e deciso di non comparirle più dinanzi. E provò uno spiacere disgustoso a stare con lei. «Forse, pensava egli, ha ricusato per la nonna e per la zia».

Ghìsola, invece, si convinse che non parlasse sinceramente: e astiò il figlio del padrone, con quell'astio istintivo e cattivo, che hanno quelli costretti a ubbidire.

Del resto, credette volentieri che non fosse sincero: era una ragione di più per volergli male! Quando lo vedeva da lontano, ed egli per timore non la guardava né meno, si metteva a cantare.

*

A scuola Pietro motteggiava i più vicini di banco con la sua ilarità nervosa; li costringeva a dargli retta, li chiamava con soprannomi faceti, li offendeva se non gli davano retta. E anche quando tutti tacevano, né meno udiva la voce dell'insegnante, quantunque qualche risposta dei compagni gli arrivasse agli orecchi con un rammarico strano.

Stava per prendere la licenza elementare, ed era il più grande e il meno bravo; e i seminaristi lo canzonavano.

Qualche volta, dopo aver cercato di comprendere, si sforzava di badare a tutta la lezione rimanente; e sentiva quasi gusto ad aumentare la disistima di tutti, benché se ne compiangesse. Quando era stato attento, usciva con la mente quasi stravolta, con un peso dentro le tempie, incapace di mettersi a studiare; stanco sfinito; senza aver fatto nulla: lasciava un libro e ne prendeva un altro, lasciava anche questo e non leggeva; non s'accorgeva né meno più d'averli dinanzi.

Allora, si divertiva al movimento e al vocìo della trattoria.

Del resto avrebbe dovuto imparare le sue lezioni e scrivere dinanzi agli avventori meno ricchi che desinavano a una tavola lunga, sopra alla quale ciascuno di loro distendeva un piccolo tovagliolo: lungo i solchi delle piegature, si raccoglievano le briciole del pane, e Pietro le mangiava a pizzichi.

Questi avventori, divenuti amici di Domenico e di Anna, lo facevano ridere con le loro burlette dicendogli:

– Che vuoi affaticarti gli occhi? Vài a ruzzare.

Ma Anna si alzava dalla sua poltrona posta nell'angolo più oscuro della stanza, dietro un paravento di legno con un'apertura rotonda da cui poteva sorvegliare i camerieri e la cantiniera, per dire:

– Lo lascino stare!

Poi, rideva anche lei.

D'estate, quando tirava un poco di vento, si vedeva uscire dalla finestra aperta tutto il fumo delle pipe e dei sigari; e allora gli avventori si toglievano la giubba; mentre, d'inver no, si passavano uno scaldino.

Burlavano tra loro, portandosi via il pane e le frutta.

Quando qualcuno bestemmiava troppo, Anna impallidiva e lo guardava in faccia. Egli rimaneva con la parola in bocca e tutti gli altri tacevano; e la conversazione era cambiata.

– La bestemmia non sta bene. Avete tempo fuori di qui! Per la strada!

Quegli arrossiva:

– Ieri il rimprovero non toccò a me! Non è vero, padrona?

Era una risata spontanea. Ed Anna pensava subito ad un'altra cosa.

Allora qualcuno proponeva:

– Venga a darci da bere. Ma non di quello annacquato. Non ci castighi!

Chi aveva ancora un poco di vino, vuotava il bicchiere riposandolo con gli altri nel mezzo della tavola. Anna, fattosi portare un fiasco, domandava:

– Quanto ne vuole lei?

– Un soldo.

– Io due soldi...

Adamo metteva il bicchiere contro l'aria:

– È piovuto in cantina anche oggi!

Quando passava un avventore delle altre sale, si chetavano alla meglio e lo seguivano con lo sguardo.

– È il tale.

Qualche volta, cantavano. Ma Domenico usciva dalla cucina tenendo un ramaiolo di brodo. Tutti alzavano le mani:

– Fermo! Fermo! Ce ne andiamo!

Gli alterchi erano radi; e, quando avvenivano, l'amicizia era rotta per poco tempo. Di solito, non s'insultavano direttamente; ma uno alla volta, a vicenda, si rivolgevano agli altri esponendo la cosa come un racconto; da prima a bassa voce, poi con veemenza e con bestemmie, battendo i pugni, alzandosi da sedere.

Quasi, le mani dei contendenti si toccavano; allora, qualcuno diceva:

– È vergogna! Anche per chi ci sente!

Anna non si teneva più; e la sfilata delle bestemmie era interrotta, finalmente, da un grosso boccone inghiottito.

Adamo, con piccole nervosità da femmina avvezzata male, quando diceva a Domenico che lo servisse bene, quasi si raccomandava. Dopo averlo guardato in viso, si volgeva da una parte, aspettando, sempre con la paura che parlassero male di lui in cucina; poi, assaggiata due o tre volte la pietanza, se era a modo suo respirava meglio, sputacchiava e si decideva a mangiare. E, tornatagli la gaiezza, era primo lui a svegliare Giacomino, mettendogli una buccia di mela nel collo. Anziano, basso e corpulento, con i baffi sempre in bocca, cambiava d'umore come un ragazzo. Anzi, chiedeva scusa dell'inurbanità del momento prima, battendo insieme le dita sopra il tovagliolo, tamburellandole, con la testa in avanti e bassa. Si stropicciava le guance con il dorso della mano, silenzioso, con il sigaro in bocca, biascicandolo e facendolo girare tra le labbra. Era capace di mettersi ad ascoltare una lunga conversazione fatta nella stanza accanto; per dirne, con una frase sola o con un sospiro, la sua opinione. E, se per caso gli avessero risposto, si rifaceva pensoso, fumando a boccate più lunghe.

Giacomino, anche mangiando appoggiava la testa alla mano, tirandosi con le dita i capelli vicini alla nuca.

Bibe metteva il mento sopra il pugno chiuso, in proda alla tavola, e stava così con gli occhi giù, divertendosi ad ascoltare, senza veder nessuno; e allora alzava, una per volta e piano, le punte dei piedi, battendole in tempo; finché qualcuno, presolo per i capelli ricciuti, non gli facesse volger la testa.

– Dio! Mi fate male! Che divertimento c'è?

– Hai sonno, bestia?

– Poco no.

E raccontava perché non aveva avuto tempo di dormire abbastanza. E sorrideva, tra il sonno.

Volevano sempre gli stessi posti: Adamo in un angolo, perché così sputava a piacere; Giacomino sotto la finestra; Bibe il più giovane, sul canapè: perché ci si tirava in dietro a modo suo, magari addormentandocisi quando non gli davano fastidio.

Si riabbottonavano i calzoni, si riagganciavano gli scheggiali, sputavano, s'urtavano, si scapaccionavano, si tiravano i baffi e pagavano il conto andando, a uno per volta, dinanzi al bugigattolo di Anna.

E Pino? Pino, il vecchio barrocciaio di Poggibonsi, era il più povero. Gridava, per ridere:

– C'è posto anche per me?

Tutti glielo facevano, non per cortesia, ma perché lo credevano pieno di pulci. Egli se ne avvedeva, ma non osava dir niente: brontolava un poco tra sé; e, siccome dovunque era trattato così, non se la prendeva.

– Mezzo posto mi basta a me. Non sono un signore io! Ah, come mi dolgono le ossa!

Un occhio non gli voleva stare aperto, e le palpebre battevano insieme come fanno quelle delle civette. Girava quell'altro occhio per tutta la stanza, lentamente; ricominciando sempre da capo. Si guardava bene le mani, per far capire agli altri che aveva pensato a lavarsele; e in fatti se l'era lavate nel secchio del suo cavallo mezzo stronco come le stanghine del barroccio, rinforzate con parecchie avvolte di funicella e di filo di ferro. Quanto tempo gli faceva perdere quel lavoro riaccomodato tutti i giorni!

Si stropicciava gli occhi con un dito, con il viso ridente senza sapere perché: la sua bocca, con quel sorriso, pareva larga il doppio.

– Ridete voi, eh, boia! Che avete rubato oggi? Si piglia la roba delle commissioni e poi dice che l'ha persa per la strada.

– Io? Oh, poverino! Una volta lo facevo così, ma ora no.

Strascicava la voce con un accento, che sembrava sincero benché malizioso. E poi:

– Ho due figliole, a casa, da maritare! Son belle da vero, a dirvela in un orecchio. Ma la mia moglie è già ridotta come una balla di cenci unti, che non si piglierebbero né meno in mano. Ci ho quelle due figliole, povere bambine! O che devo fare io per loro?

Tutta la sua fisonomia pigliava una bontà umile ma ostinata; e, cosa strana, le sue guancie, tra il pelo della barba rada, erano delicate come quelle di una donna.

Egli non ordinava, ma Domenico gli sceglieva tra la roba del giorno innanzi e gliene faceva un piatto solo. Lo pigliava per la tesa del cappello: quasi gli ci faceva battere il naso:

– Senti come ti ho servito?

– Sì, avete ragione, è stantia, ma non puzza tanto.

Adamo e Giacomino gli buttavano fette di pane o mezze frutta. Egli, senza guardarli in faccia, se le radunava più vicino, quasi avesse voluto metterle sotto il tondo del piatto, con ambedue le mani.

– Oh, oggi sto meglio!

Salutava con molto rispetto Anna, aspettando che gli rispondesse: e, certo, non si sarebbe messo a sedere prima. Tanto che Anna, quando se n'era dimenticata, doveva dirgli:

– Mettetevi a sedere!

– Ah, mi ci posso mettere? Credevo di dar noia oggi! Sono tanto stanco!

E aspettava, tenendo le mani insieme.

Da Pietro si faceva rispiegare, quasi una volta al mese, che cosa erano le due oleografie delle pareti. Pietro saliva in piedi su la panca, per non staccarle. Ma Pino diceva:

– Me le metta più vicino! Se sapesse, Pietrino, come mi bruciano gli occhi! Qualche volta ho paura d'accecare.

Una era la *Battaglia di Adua* e un'altra *I fattori dell'unità italiana*. E tenendolo, dopo, per una manica:

– Non dia retta al babbo: studi. Me ne intendo!

Pietro, allora, senza sapere perché, lo accarezzava.

D'inverno, quando era tutto infreddolito e bagnato, con il bavero della giubba fino alla cima degli orecchi, con il cappello su gli occhi, Pietro gli si faceva subito incontro; e, senza parlargli, gli metteva il viso tanto vicino, che Domenico lo tirava in dietro per il collo.

Morì presto; e nessuno se ne accorse.

*

Un altro anno; e s'era alla fine di marzo, il giorno di San Giuseppe.

Da Poggio a' Meli s'udivano gli scampanii, che si rimescolavano alla rinfusa nel cielo come un suono che crescesse sempre, quasi immobile, con una romba greve. E a Pietro era venuta un'allegria insolita, un'allegria simile ad un benessere troppo forte, che lo faceva più nervoso.

Vorrei parlare di questi indefinibili turbamenti del marzo, a cui è unita quasi sempre una sottile voluttà, un desiderio di qualche bellezza.

Questi soli ambigui, questi cinguettii ancora nascosti e che si dimenticano presto, queste nuvole biancheggianti che sembrano venute prima del tempo! E le foglie secche, che sono ancora sopra i grani germogliati, mescolando il pallore della morte con il pallore della vita! Queste foglie di tutte le specie, che si trovano ancora sopra l'erbe per rinnovarsi; le piante potate, e i loro rami e i loro tralci, sparsi a terra, che saranno portati via per sempre! E questi rami secchi tagliati dai frutti, che esitano ancora a fiorire su le rame nuove! La terra un poco umida, che s'attacca alla punta delle vanghe, e i contadini sono costretti a pulirle con i pollici; e le zolle che rimangono agli zoccoli di legno! E quest'amore quasi matrimoniale e sconosciuto a noi di tutti gli esseri che s'aiutano; e anche i loro odii! E il vischio che nasce su i rami dei testucchi, tagliato con un colpo di pennato! Ma farà subito il ributto. E le gemme dei castagni!

Domenico andò nel campo, seguito dai suoi assalariati, per combinare le faccende dell'indomani.

Pietro era grasso, ma pallido e con un'aria di gracilità: entrava in quindici anni. Credeva che fosse ridicola e disadatta alla sua età la giubba con il bavero alla marinaia, tagliata per economia da una veste vecchia.

Entrò svelto in casa di Giacco; il quale, come il solito, gli mise una mano su la spalla:

– Come cresce a fretta! Scommetto che mi ha portato da fumare.

Pietro gli prese i baffi e glieli tirò di qua e di là; Giacco per non sentir male era pronto a girare il collo.

Il ragazzo rise, guardando Masa, che disse:

– Più forte.

– No, no; ora basta.

E lo allontanò da sé a poco a poco, ma risolutamente. Poi chiese:

– Dunque, né meno una cicca?

Rebecca, spazzando la trattoria, metteva in serbo le cicche trovate, e lo incaricava di portargliele.

Masa intervenne un'altra volta:

– Non fuma mica il padroncino!

E ne rise insieme con lui come di una burla. Dopo avere riso, storceva le labbra e se le mordeva. Il vecchio cavò dal taschino una pipa sbocconcellata, con una cannuccia corta quanto il palmo della mano.

– Grazie a Dio, ci ho sempre quello che la sua mamma mi dette la settimana passata. Guardi se non è vero!

Batté la pipa in proda alla tavola: schizzò fuori una specie di polvere incenerita. Egli la radunò insieme, la mescolò e la rimise dentro. Poi prese, dal focolare, un fuscello acceso. A stento, gli uscì di bocca un poco di fumo, azzurro chiaro. Ed egli, guardandolo, disse:

– Oh, c'è poco trinciato, oggi!

Indi con il pollice che aveva l'unghia mozzata da un taglio fattosi da giovine, pigiò dentro il pezzetto di brace rimasta nella pipa.

Pietro vide un'altra volta quel fumo, e, dentro di sé, come una cosa reale, che gli dette un malessere, la mamma che andava a un cassetto, in casa, e voleva prendere qualche cosa. Ma tutti s'erano allontanati da lei! E mentr'ella si ostinava, il cassetto spariva nel muro. Allora gli parve di sentire sul volto le sue mani, come un grande bacio, come se le mani lo baciassero.

Masa, meravigliata della sua espressione sbigottita, gli chiese:

– A che pensa?

Il vecchio si avvicinò all'uscio, e disse:
– Bisogna che vada a governare le vacche. Dammi la fune.
Ma Masa, preoccupata di vedere il padroncino così, rispose di malumore:
– Dove l'hai messa?
E Giacco:
– Cercamela.
– Non sai mai quello che fai. Poi ti ci vuole la moglie intorno per darti quello che ti manca.
– Quanto chiacchieri! Se tu avessi trovato la fune, senza rispondermi niente? Non avresti fatto meglio?
– Io chiacchiero quanto mi pare; quanto te.
Poi chiese a Pietro, per distrarlo; credendo che soffrisse di qualche rimbrotto:
– Ha visto Ghìsola oggi?
Rispose egli sbadatamente:
– Non è qui?
– È voluta andare alla messa a Siena.
Disse Giacco, con l'aria di chi ripiglia un battibecco. Ma Masa la difese:
– Ha fatto bene. Qui a Poggio a' Meli non si vede mai nessuno.
E a Pietro soggiunse:
– Credevo che l'avesse incontrata!
I due vecchi divennero pensierosi, guardandosi con occhiate che Pietro non comprendeva. Masa esclamò sospirando:
– Sarà quel che Dio vuole!
– Di che cosa? – chiese Pietro. – Ditemelo.
Un'acre curiosità lo invase:
– Ma dov'è? Tornerà tra poco?
Si sentì sbigottito; e si vide subito dai suoi occhi azzurri, sempre così buoni che tutti lo sapevano: le palpebre gli sembrarono come acqua calda.
Il cavallo attaccato al calesse, legato nel piazzale ad una campanella di ferro, si ripiegava tutto da una parte, riposandosi. Toppa finiva un seccarello terroso; tenendolo fermo con le zampe, per roderlo meglio.

Pietro non era ancora calmo quando scorse Ghìsola.

Era divenuta una giovinetta. I suoi occhi neri sembravano due olive che si riconoscono subito nella rama, perché sono le più belle; quasi magra, aveva le labbra sottili.

Egli si sentì esaltare: ella camminava adagio smuovendo un poco la testa, i cui capelli nerissimi, lisciati con l'olio, erano pettinati in modo diverso da tutte le altre volte.

Cercò di smettere il suo sorriso, abbassando il volto; ma rallentò il passo, come se fosse indecisa a voler dissimulare qualche segreto. Egli ne ebbe un dispiacere vivo, e le mosse incontro, come quando erano più ragazzi, per farle un dispetto oppure per raccontarle qualche cosa, con la voglia d'offenderla.

Come s'era imbellita da che non l'aveva più veduta!

Notò, con gelosia, un nastro rosso tra i suoi capelli, le scarpe lustre di sugna e un vestito bigio quasi nuovo; e fece un sospiro.

Ma ella, così risentita che non gli parve né meno possibile, gli gridò:

– Vada via, c'è suo padre. Non mi s'avvicini.

Egli, invece, continuò ad andarle incontro; ma ella fece una giravolta, rasentandolo senza farsi toccare. Pietro non le disse più niente, non la guardò né meno: era già offeso e mortificato. Perché si comportava così? Sarebbe andato a trovarla anche in casa, dov'ella entrò soffermandosi prima con un piede su lo scalone! Si struggeva; era assillato da una cosa che non comprendeva; aveva voglia d'imporlesi.

Ma, a poco a poco, si sentì rappacifichito e lieto un'altra volta; come se non le dovesse rimproverare nulla; mentre un sentimento delizioso gli si affermava sempre di più.

Ghìsola riuscì presto di casa: s'era tolto il nastro, aveva cambiato le scarpe, mettendosi un grembiule rosso sbiadito. Alzò gli occhi verso Pietro, seria e muta; ed entrò in capanna dimenandosi tutta. Pose dentro una cesta il fieno già falciato dal nonno; poi smise, per levarsi una sverza da un dito. Egli si sentì uguale a quella mano. E il silenzio di lei, inspiegabile, lo imbarazzò; e non sarebbe stato capace a parlarle per primo. Perciò le dette una spinta, ma lieve; ed ella, fingendo d'esser stata per cadere, lo guardò accigliata.

Egli disse:

– Quest'altra volta ti butto in terra da vero!

– Ci si provi!

Quand'ella voleva, la sua voce diveniva dura e aspra, strillava come una gallina. Allora egli la guardò con dispetto, sentendo che doveva obbedire.

Per solito, mentre parla, non si sente il suono della voce di chi si ama; o, almeno, non si potrebbe descrivere.

Ella aggiunse:

– Vada via.

Egli provava lo stesso effetto di quando siamo sotto l'acqua e non si possono tenere gli occhi aperti; ma rispose:

– Ghìsola, tu mi dicesti un mese fa che mi volevi bene. Non te ne ricordi? Io me ne ricordo, e ti voglio bene.

E rise, terminando con un balbettìo. Ghìsola lo guardò come se ci si divertisse; e, in fatti, le piacque quel ripiego d'inventare una cosa per dirne una vera.

Ella rispose:

– Lo so, lo so.

Egli, invece di poter seguitare, notò come la tasca del suo grembiule era graziosa. E di lì, d'un tratto, le tolse il piccolo fazzoletto orlato, alla meglio, di stame celeste.

– Me lo renda.

Egli, temendo di aver fatto una sciocchezza, glielo rese.

– Ti sei bucata codesto dito?

Riuscendo a parlare, non gli parve poco.

– Che cosa le importa? Tanto lei non lavora. Non fa mai niente.

Gli rispose con superbia burlesca e sfacciata; ma egli la prese sul serio e disse:

– Ghìsola, se vuoi, ti aiuto.

Ella finse di canzonarlo come se non fosse stato capace; e lo allontanò dicendogli che non voleva aiutarla, ma toccarla.

Domenico sopraggiunse dal campo.

Pietro raccolse in fretta un olivastro, ch'era lì in terra; e cominciò a frustare l'uscio della capanna come per uccidere le formiche, che lo attraversavano in fila.

Ghìsola si chinò a prendere a manciate il fieno, con movimenti bruschi e rapidi; e, voltasi dalla parte del mucchio, finì d'empire la cesta. Poi l'alzò per mettersela in spalla, ma non fu capace da sé: gli ossi dei bracci pareva che le volessero sfondare i gomiti.

Allora Pietro l'aiutò prima che il padre potesse vedere. Ghìsola, assecondando il movimento di lui, guardava verso Domenico con i suoi occhi acuti e neri, quasi che le palpebre tagliassero come le costole di certi fili d'erba. Ma Pietro arrossì e tremò perché ella, innanzi di muovere il passo, gli prese una mano. Rimase sbalordito, con una tale dolcezza, che divenne quasi incosciente; pensando: «Così dev'essere!».

Domenico, toccati i finimenti del cavallo se erano ancora affibbiati bene, gli gridò:

– Scioglilo e voltalo tu. Ripiega la coperta e mettila sul sedile.

La bestia non voleva voltare; e lo sterzo delle stanghe restava a traverso. Anche lo sguardo di Toppa, sempre irato, molestava e impacciava Pietro.

– Tiralo a te!

Non aveva più forza, non riesciva ad afferrare bene la briglia; e le dita gli entravano nel morso bagnato di bava verdognola e cattiva. Nondimeno fece di tutto, anche perché sapeva che Ghìsola, tornata dalla stalla, doveva essere lì. Tremava sempre di più. E le zampe del cavallo lo rasentarono, poi lo pestarono.

Allora Domenico prese in mano la frusta, andò verso Pietro e gliel'alzò sul naso.

– Lo so io che hai. Ma ti fo doventare buono a qualche cosa io.

Ghìsola si avvicinò al calesse e lo aiutò; dopo aver sdrusciato, allo spigolo del pozzo, uno zoccolo a cui s'era attaccato il concio della stalla.

Domenico, sempre con la frusta in mano, andò a parlare a Giacco che ascoltava con le braccia penzoloni e i pollici ripiegati tra le dita, le cui vene sollevavano la pelle, come lombrici lunghi e fermi sotto la moticcia.

Pietro non aveva il coraggio di guardare in volto Ghìsola, i cui occhi adesso lo seguivano sempre. Le gambe gli si piegavano, con una snervatezza nuova; che aumentava la sua confusione simile a una malattia. Ghìsola lo aiutò ancora; e, nel prendere la coperta rossa che era stata stesa sul cavallo, le sue dita lo toccarono; nel metterla sul sedile, le loro nocche batterono insieme; ed ambedue sentirono male, ma avrebbero avuto voglia di ridere.

Domenico salì sul calesse, sbirciò Pietro e gridò ancora:

– Sbrigati! Che cos'hai nel labbro di sotto? Pulisciti.

Egli, impaurito, rispose:

– Niente.

Poi pensò che ci fosse il segno delle parole dette a Ghìsola. Ma subito dopo gli dispiacque di essere così sciocco; mentre il cuore gli balzava come per escire fuori.

Gli assalariati e Giacco salutarono, togliendosi il cappello. Pietro a pena ebbe tempo di far con l'angolo della bocca un piccolo cenno a Ghìsola; ma ella era così attenta al padrone che aggrottò in fretta le sopracciglia. Allora Pietro guardò la testa del cavallo, che già tirava il calesse fuori del piazzale mettendosi a trotto a pena nella strada.

La luce del sole tramontato dietro la Montagnola, più rossa che rosea, era sopra a Siena. Ma i cipressi sparsi da per tutto, a fila o a cerchio in cima alle colline, gli dettero il rammarico di staccarsi da una cosa immensa.

Domenico, guidando, non parlava mai; rispondendo con il capo a coloro che lo salutavano. Sorrideva in vece a qualche ragazza che conosceva; e, facendo prima rallentare il cavallo, la toccava con la punta della frusta nel mezzo del grembiule. E Pietro, con gli occhi socchiusi, si voltava dalla parte opposta, arrossendo; poi si distraeva guardando le gambe del cavallo; e gli pareva che il loro rumore variasse di tempo a seconda delle arie che gli passavano per la mente. Oppure cercava di non sentire quell'odore particolare, che avevano gli abiti del padre.

*

Pietro era doventato così negligente, che verso il mese di maggio il rettore non lo volle più alla scuola. Domenico lo percosse con lo scheggiale del calzoni, fino a far piangere anche Anna. Ma, il giorno dopo, nessuno gli disse più niente.

Anna spiegò a Rebecca:

– Sono le imprecazioni di quelli che ci vogliono male.

Fece tutti i giorni alcune preghiere ad un santo; ma non trovò mai modo di parlarne sul serio al marito, che le rispondeva sempre:

– Oggi non posso.

Se lo tratteneva per la giubba, egli la lasciava con queste parole:

– Pensaci tu a lui. Anche tu ora...

Ella non osava di più, temendo che se la rifacesse con Pietro; stordendolo a forza di pugni, con il pretesto di essersi arrabbiato anche troppo.

Né meno la notte era possibile, perché a pena gliene discorreva, stringeva i pugni e gridava:

– Lasciami dormire. Ho sonno; è da stamani che lavoro. Riposati anche tu...

Oppure rispondeva:

– Hai contato bene i denari incassati oggi? Prima di venire a letto, dovevi contarli. È necessario.

Se ella, per rendergli il cambio, stava zitta, le alzava il capo dal guanciale:

– Rispondi!

Aspettava un poco, tentando di questionare; ma poi si addormentava.

Durante una loro contesa in bottega, Pietro saltò fuori a dire:

– Imparerò il disegno.

Lo scritturale di un notaio, che aveva finito allora di mangiare, fece una enorme risata.

Pietro lo guardò a lungo, sbigottito dei suoi occhi dolci e contenti che lo compativano.

Era un uomo grasso; da' volto lucido e purpureo, sparso

di bitorzoli. Aveva un vestito chiaro e una catena d'oro; i capelli biondicci, la fronte bassa. Disse a Domenico, con convinzione tranquilla:

– Non gli date retta. Fategli imparare il vostro mestiere. Voi trattori guadagnate quanto volete.

Tutti risero, perché alludeva al conto che doveva pagare.

Pietro, mentre una specie di formicolìo lieve attraversava il suo volto, dal mento alla fronte, esclamò:

– Che importa a lei?

Costui trasse da un astuccio di cuoio un bocchino d'ambra cerchiata d'oro, e v'infilò mezzo sigaro. Poi disse:

– Vai a comprarmi una scatola di fiammiferi.

E gli gettò un soldo su la tavola.

Pietro guardò anche suo padre: tutti lo fissavano; i volti e gli occhi bruciavano la sua anima. Il cuore gli batteva.

Domenico disse:

– Vai, dunque!

Egli afferrò la moneta, e corse dal tabaccaio.

Allora lo scritturale rise tanto che fece il viso congestionato; e, tra gli scoppi di tosse, aggiunse:

– Fatelo ubbidire più che potete.

Anna soffriva di queste domestichezze; ma, per paura di perdere gli avventori, non ci si metteva a tu per tu. Invece Domenico se n'esaltava; e gli pareva sempre più di aver ragione. E diceva a Pietro:

– Stai attento a quello che ti dico io. Non hai più bisogno di studiare. Basta che tu sappia fare la moltiplicazione. Dovrebbero esser abolite le scuole, e mandati tutti gli insegnanti a vangare. La terra è la migliore cosa che Dio ci ha data.

Anna, scontenta, rispondeva:

– Codeste sono idee tue.

Domenico chiedeva, con scherno:

– Quanto tempo ci sei andata a scuola tu?

Non ci mancava che da contrastare con la moglie! Ella scuoteva la testa.

– Noi, senza saper né meno la nostra firma, abbiamo fatto fortuna.

Gli avventori rimanevano pensosi; poi esclamavano, tanto per non scontentare di più Anna:

– È ancora giovine. Non c'è da capire quel che ci potrete ricavare.

– Ma anche quando io avrò sessant'anni, ed egli più di venti, sarò sempre capace di rompergli la testa.

– Oh, grosso e forte come voi non verrà di certo!

*

La mattina, ciascuno prendeva la colazione quando ne trovava il tempo, dopo aver terminato le faccende; ma, la sera, mangiavano tutti insieme. Domenico a capo di tavola, Pietro tra lui e Rebecca. In faccia al padrone, il cuoco; e, dall'altra parte, i due camerieri; lo sguattero si sedeva a un piccolo tavolo, che serviva anche per tenerci sopra i piatti e le posate: di traverso, per non voltare le spalle agli altri. Anna restava nella sua poltrona, perché così poteva vedere se entrasse in quel frattempo qualche cliente.

*

Il cuoco era andato su l'uscio di cucina a fumare una cicca, appoggiandosi al muro con le spalle e con la testa; la cantiniera portava i piatti; e lo sguattero, saltando come un ragazzo, corse a dire allo stalliere che attaccasse il cavallo.

Domenico bevve un altro bicchiere di vino; poi tolsesi la dentiera per pulirla con la salvietta, di nascosto, tenendo le mani sotto la tavola.

Anna, per cucire, prese una camicia.

Finalmente, Domenico con un colpo del suo tovagliolo si levò le briciole da sopra i calzoni; si fece spolverare da Rebecca e untare le scarpe da Tiburzi, dando nel frattempo qualche ordine. In punta di piedi andò dietro il figliolo che tamburellava con le dita sopra un vetro, accompagnando il mugolìo della sua voce a bocca chiusa; gli dette una manata sul collo, e disse:

– Vieni in campagna con me.

Pietro, senza rispondere niente, saltò sul legno già attaccato; e furono a Poggio a' Meli poco prima del tramonto.

Ghìsola, sbucando da una cantonata della capanna, lo

vide solo e fermo, con le mani in tasca, nel mezzo dell'aia; e lo rimproverò, seria:

– Che cosa fa qui? Perché non è venuto prima? Una volta non le pareva vero. Ma non m'importa!

E aggiunse:

– So quel che vuol dirmi.

Egli pensò: «Sì, lo sa. Gli altri sanno tutto di me. Io, no».

Quella sua vita interiore che si sovrapponeva sempre! Come si disperava di poter gustare soltanto dopo, e nel silenzio di sé stesso, quel che aveva provato e non detto! E si giudicava perciò inferiore agli altri. Parlava bene con Ghìsola soltanto quando se lo imaginava, specie appena desto.

E divenne più vergognoso. Il colletto gli dava fastidio al mento.

Ghìsola lo guardò come se proprio ci ridesse anche lei; e allora egli si mise a picchiare calci a un ulivo, che era lì, perché ella smettesse. Ma quando risollevò gli occhi, Ghìsola lo guardava ancora più fisso, con la bocca ridente, per burla: non c'era più dubbio!

Il sole tramontò tutto; e un brivido passò sopra Pietro, che non poté più sopportare quel sorriso; volendo perfino dimenticare d'averlo visto. Si rimise a testa bassa, pensando che avrebbe dovuto capire perché non gli piaceva.

Ghìsola si riavviava i capelli, tenendo in mano le forcelle per fargli vedere che erano nuove; e, prima di rimettersele, con una alla volta gli bucò le mani. Ma egli non si mosse.

Si vedevano, fitti, piegarsi i fili d'erba in cima ai quali saltavano gli insetti.

Mentre Ghìsola lo bucava, Pietro pensò: «Certo sa quello che voglio. Ma bisognerebbe che glielo potessi dire: è necessario».

Le sue calze rosse gli facevano coraggio; ma, non potendo pronunziare nessuna parola, si avvicinò di più a lei quasi tremando.

Tra gli olivi ci si vedeva appena; e la terra era già bruna.

– Che vuole? Me lo dica di costì. Non venga in qua troppo.

Ghìsola s'accorse che non distoglieva gli occhi dalle sue calze; ma con la sottana troppo corta non poteva nasconderle.

– Lo sai?

Il volto di lei divenne dolce e pudico.

– Lo sai? Dimmelo.

Ella si coperse di un rossore, che le cambiò la fisonomia.

– Lo so.

E siccome si faceva sempre più vicino, lo allontanò con le mani magre e dure.

Pietro era così ebbro che quasi vacillava. Gli occhi di Ghìsola lo fissavano sempre: vedeva soltanto quegli occhi; e credette che tutta l'ombra dietro di lei e il campo insieme si muovessero secondo i suoi gesti.

– Mi lasci, ora! Ci parleremo un'altra volta... Un'altra volta, ho detto!

Gli parve che la sera gli togliesse la carne, lo facesse sparire.

Ghìsola sussurrò:

– Le voglio bene.

E scappò dalla parte opposta della capanna: il padrone s'incamminava verso l'aia, con le sue scarpe enormi, respirando forte e alzando e abbassando un poco il capo. Pietro continuò a starsene lì, sbocconcellando, con un sasso che s'era ritrovato in tasca, la cantonata della capanna. Si sbucciava le nocche, ma non sentiva niente.

Domenico lo guardò; e si mise a ridere con Enrico, l'assalariato che lo seguiva.

– Sei matto oppure no? Che ci fai costì, a sciupare il muro?

E, poi, all'assalariato:

– Quell'altra cialtrona, al meno, è scappata a tempo!

– Oh, ma per ora son tutti e due ragazzi! Io credo che ruzzino sempre.

Li difendeva supponendo che il padrone ci avesse piacere per Giacco e Masa. Ma Domenico, contento di poterlo contraddire con la sua autorità, rispose:

– Io me ne intendo più di te. Stai zitto.

Enrico convenne, allora:

– Comincerebbero presto!

E inghiottì, come faceva sempre dopo aver parlato.

Pietro s'era impaurito del rimprovero; e già aveva dimenticato Ghìsola; sebbene gliene rimanesse un fascino troppo forte per lui. S'incamminò verso il padre, che voltava il cavallo alla strada, menandolo per la briglia.

– Sali su.

Egli obbedì, cercando di pulirsi le mani terrose; e non guardando in volto nessuno.

Il cavallo non voleva star fermo dinanzi al cancello aperto; e allora Domenico cominciò a sferzarlo sopra i ginocchi. La bestia si trasse in dietro, alzando le gambe anteriori; il calesse urtò contro il muro.

– Sta' fermo. Devi imparare. E se non impari...

E gli dette una sferzata.

– Se anche tu non impari a fare il tuo dovere...

E gli dette un'altra sferzata.

– Te lo insegno io. Devi star fermo.

Voltò la frusta e gli batté il manico sulle frogie; il cavallo scosse la testa, e Pietro fece l'atto di scendere.

– Tu stai al tuo posto. Se scendi, frusto anche te.

Tutti gli assalariati guardavano inquieti; ed erano impazienti che il padrone se ne andasse perché temevano che se la prendesse anche con loro, trattandoli male, pensando magari di poterli bastonare.

Il cavallo si fermò.

Domenico dette la sferza a Pietro, e si riabbottonò la giubba dinanzi alla bestia:

– Bada che io voglio essere obbedito! Non vedi che stai fermo? Ora farò tutto il mio comodo, e poi salirò.

E, per farne la prova, si sbottonava e si riabbottonava la giubba, interrompendosi quando la bestia smuoveva la testa. Affibbiò meglio una delle redini, e salì; fermandosi con un piede sul montatoio; poi, prendendo lo slancio, con le mani attaccate al calesse, si buttò accanto a Pietro, a cui gridò:

– Vai più costà.

Pietro era così imbarazzato che non si mosse.

– Ma vai in costà, imbecille!

E, subito, agli assalariati:

– Fate il vostro dovere, altrimenti vi mando via tutti. Domani quelle prese devono essere vangate.

– Sissignore.

– Non dubiti.

– Se non fossimo capaci a vangarle in quanti siamo e in tutto il giorno!

– Almeno che non piova!

Il padrone guardò quello che aveva detto così, con l'aria di avventarglisi addosso; e disse con voce che pareva uno scalpello percosso sopra una pietra:

– Se piove, tramuterete il vino. Tu, Giacco, consegnerai le chiavi del tinaio; le hai a posta.

– Sissignore. Come vuole.

Finalmente, si ricordò della trattoria; guardò l'orologio e vide che non poteva più indugiarsi. E allora li lasciò.

Il tramonto era stato rapido e pieno di quelle nuvole che portano la pioggia. Pietro teneva le mani in tasca, pensando che avrebbe fischiato se fosse stato solo. Pareva, nell'oscurità, che le gambe del cavallo battessero insieme. Domenico guidava, irritandosi perché non aveva imposto ai contadini di aprire le buche per gli olivi. Temendo che i suoi ordini non fossero eseguiti con precisione, con l'animo ansioso, gli pareva di seguire quel che facevano; e si struggeva di non essere sempre accanto a loro. Talvolta, per la voglia di sorprenderli, diveniva smanioso e anche più violento.

Pensò di tornare a dietro per assicurarsi che nessuno era rimasto a perder tempo nel mezzo del piazzale, magari a parlare di lui. Guardò le nuvole, e gli venne voglia di frustarle, per rimandarle giù.

Intanto un sogno cupo aveva invaso Pietro: il cavallo era trascinato, all'inverso, con il calesse, dentro una spalancatura interminabile della sua anima.

Ad un tratto, con un moto improvviso e involontario,

dopo aver sentito il sapore della propria bocca, sospirò; e mosse la testa innanzi, quasi fosse per cadere.

Domenico gridò: – Che hai?

Credette che avesse sonno e gli voleva dare un pugno.

I cipressi di Vico Alto tagliavano l'aria. La Porta Camollia era rossiccia e si vedeva di lontano il primo dei lampioni accesi dentro la città.

Gli alberi del viale, su la balza della ferrovia, si movevano silenziosamente con tutte le fronde dinanzi ai monti di un violetto limpidissimo: l'Osservanza era dolce.

Di là dai tetti della Via Camollia, la cima del Mangia era bianca, quasi splendente, su nel cielo; ma la sua campana, con l'armatura di ferro, più nera.

*

Quando Anna aveva avuto le convulsioni, restava tutto il giorno stesa nella poltrona; dentro la trattoria. Il suo volto doventava bianco; e Rebecca, assistendola, le slacciava il busto. Ma siccome i cuochi e i camerieri avevano sempre qualche cosa da chiederle, ella riapriva gli occhi, guardava fisso; e poi, scuotendosi tutta, rispondeva. Perché il marito non s'inquietasse di più, non voleva andare a letto. Ma in quei momenti sentiva una grande angoscia, perché era incapace di badare a Pietro.

Le sembrava di non appartenere più alla vita, di non avere mai fatto niente per lui. E allora quella specie di quiete, che le dava l'agiatezza, era sempre sciupata dal ricordo della sua miseria. Ella diceva:

– È impossibile esser contenti come vorremmo!

E la stanchezza di esser vissuta era così amara che aveva paura di non sentirsi più buona. Il sentimento della morte le era sempre presente, e non le bastava credere in Dio.

Ella si metteva a guardare Pietro con questo sentimento, e ne provava uno sconforto che le faceva perfino paura.

I suoi nervi scossi dalla convulsione le prolungavano un senso indefinibile di dolore desolato; perché era avvezza a dover guarire da sé, senza sentire mai che gli altri potevano farle qualche cosa.

Ma sperava di guarire, non perché credesse al medico, ma perché aveva Pietro.

Ella non gli sapeva parlare; capiva ch'egli cresceva senza che riuscisse a farselo proprio suo, a dirgli almeno una di quelle parole che avrebbero dovuto consolarla. Anche quando l'aveva vicino, restavano come due che avessero l'impossibilità d'intendersi.

Pietro evitava sempre di farle sentire che le voleva bene, per paura di doventare troppo obbediente; ed ella si disperava troppo e senza ragione di qualche sua scappata. E perciò Pietro temeva quando gli aveva tante cure. Mentre ella, non avendogliele potute fare, cercava un'altra volta d'imporgliele.

– Tu non rispetti la mamma!

Egli, allora, si esasperava; svignandosela senza né meno ascoltarla.

Anna ci piangeva, dicendolo a Rebecca; che le domandava, con un mezzo sorriso:

– Ma perché se la prende così?

E siccome glielo aveva allattato e desiderava che fosse affezionato anche a lei, ci sentiva quasi piacere. Ma Anna, mai accortasi di questo, rispondeva:

– Non lo devi scusare tu!

– Io?

E Rebecca era per offendersi.

Quando poi Pietro la vedeva piangere, credendo che fosse cattiva, gli veniva voglia di far peggio.

Anna consigliava Rebecca e Masa come dovevano educare Ghìsola: era, però, una bontà da padrona; perché così anche lei dipendeva di più dalla sua volontà. Benché le avesse da vero certi riguardi delicati, come quando diceva a Masa che non la facesse lavorare troppo; e come quando, per capo d'anno, pensava sempre a regalarle un vestituccio nuovo, comprato su quei barroccini di merciai che si fermavano all'uscio della trattoria.

Ghìsola, allora, le portava un mazzo di fiori, che, per averli, andava magari a rubare; e le faceva gli augurii.

*

I compaesani di Domenico, quando andavano a Siena, mangiavano sempre alla sua trattoria; portandogli i saluti e le notizie dei parenti, e magari una fazzolettata di frutta.

Uno di costoro, volendo che il suo figliolo Antonio imparasse a fare il muratore, come a Civitella non avrebbe potuto, gli chiese che lo affidasse e lo raccomandasse a qualche bravo capomastro. Domenico, i giorni di festa, lo invitava a stare con Pietro; e così ambedue i giovanetti, ch'erano quasi della stessa età, dovettero doventare amici, sebbene non andassero d'accordo; ed Agostino, che aveva antipatia per Antonio, fu sostituito.

E siccome, per passeggiata, soli, arrivavano quasi sempre, come voleva il trattore, a Poggio a' Meli, dopo qualche mese Antonio si vantò di aver parlato di nascosto con Ghìsola. Ed era vero; ma Pietro, da prima, suppose che mentisse, con una delusione violenta, con un dispiacere che pigliava tutto il suo amor proprio. Un amico non doveva mentire. Che aveva detto a Ghìsola? E perché le aveva parlato senza avvertirlo?

Quale umiliazione provava quando gli altri non rispettavano i suoi sentimenti e obbligavano la sua anima a disfarsi!

Gli altri facevano di lui quello che volevano, e a lui si stringeva la gola dall'emozione. Arrossiva, si sgomentava; sentivasi perso. E nessuna cosa era adatta per lui: le strade troppo faticose, il sole troppo caldo, gli abiti tagliati male, le mani troppo grosse; affannandosi a non riflettere a ciò, di convincersi del contrario; stordendosi; mentre gli orecchi gli rombavano, e credeva di dover cadere da un momento all'altro.

Gli sembrava che la sua faccia non fosse capace a nascondere la lealtà troppo aperta e ostinata; provandone una violenza che gli dava il malessere. Si sentiva debole sotto il suo spirito affannato, che egli stesso voleva cambiare.

Una domenica, tra le altre, tornò con Antonio a Poggio a' Meli; perché aveva scommesso di farlo passare da bugiardo dinanzi a Ghìsola. Ma si vergognava di dirgli quel che soffriva dentro di sé; e sentivasi così da meno del suo amico che gli pareva di statura anche più alta del solito.

Già, camminando, s'erano bisticciati, picchiandosi su la schiena; ed egli aveva piuttosto voglia di smettere e di piangere, disperato che l'altro, invece, ci si divertisse.

Antonio, avvedendosi facilmente dei turbamenti di Pietro, gli gridò:

– Vedrai se non è vero!

Pietro non rispose più; e l'amico soggiunse:

– Le parlai anche l'altro giorno. Ha promesso di voler bene a me e non a te.

E, per troncar corto, gli dette un pugno; ma Pietro se lo riparò con una mano.

Antonio, sempre più sicuro, seguitava a ripetere:

– Tu non ti avvicinerai a lei.

– Né meno tu.

– Io farò quello che voglio.

E fingendosi risentito, si riaccostò con la saliva bianca che gli usciva di bocca. Anche quando non parlava gli si vedevano tutti i denti di sopra, sani ma storti: sembrava che li avesse piantati nel labbro. E aveva il naso piegato da una parte.

Pietro, cercando di persuaderlo con la bontà, gli disse:

– Ed io mi adirerò con te.

– E che m'importa? Fai quello che vuoi. Io sono amico di tuo padre, e verrò quando mi pare. Anzi tuo padre, qui al podere, mi ci porta più volentieri che te.

Pietro si sentì combattuto senza riparo: era proprio vero quel che aveva detto!

E seguitarono a camminare accanto. Ma, dopo un poco, Antonio lo fermò per guardarlo in faccia; trattenendolo per un braccio. Poi fece una sghignazzata:

– Stai zitto?

Poi sputò sull'erba, asciugandosi la bocca con il dorso della mano. Pietro disse:

– Io torno indietro.

– Io no: voglio parlarci. Vattene.

– Torna indietro anche tu.

Voleva evitare che Antonio la vedesse. Ma quegli proseguiva; e, allora, Pietro dovette fare altrettanto.

Quando giunsero davanti all'aia, Ghìsola usciva di casa proprio in quel mentre; e s'avviava nel campo a chiamare il nonno, passando accanto alla bella pianta di ciliegio da capo a un filare di viti.

Antonio, per fare il più bravo, le mosse incontro in fretta. Ma Ghìsola rise di più a Pietro; e dette a capire che si fermava lì per lui.

Allora Antonio si mosse per cogliersi una piccia di ciliegie, lasciandoli discosti; e Pietro le domandò:

– È vero che vuoi bene soltanto a me? Dimmelo. Se non fosse vero...

Gli rispose con dolcezza:

– Soltanto a lei... Però, Antonio non vorrebbe.

Allora non si sentì sicuro, e guardò il dorso dell'amico.

Ghìsola, accortasene, aggiunse:

– Non ci crede?

E scosse la testa. Ella parlava, questa volta, con una tranquillità così profonda, ch'egli fu subito rassicurato.

– Ma non se ne faccia accorgere da lui. Perché ce lo porta?

Gli sembrò che lo rimproverasse di non stare a solo con lei e credette che ne soffrisse.

Ma la sua bellezza lo distrasse e gli fece dimenticare quel che Antonio aveva detto.

Antonio, intanto, si riavvicinò; certo dopo aver progettato qualche cosa, sputando lontano i noccioli delle ciliege mangiate tutte insieme; aiutandosi con un dito per cacciarseli di bocca. Pietro, mentre un brivido lo scuoteva, gliene strappò una piccia infilata alle dita. Antonio esclamò:

– Perché me le levi? Dàlle a Ghìsola, piuttosto.

Pietro non seppe che rispondere; perché avrebbe voluto che quella cosa non gli fosse stata suggerita; e restò con le ciliegie in mano. Ma Ghìsola lo cavò d'impaccio:

– Io le prendo da me.

Quanto gli parve buona e intelligente!

Ma Antonio non si perse d'animo:

– Se non ci arrivi, ti abbasso il ramo io.

Allora, Pietro notò come a lui non sfuggiva mai nulla per ingraziarsela; ma Ghìsola, aspettandosi anche questo, sorrise e disse:

– Non importa.

Ma con una insolenza, che Pietro sussultò sorpreso. E pensò: «Perché non è venuto a me di dirglielo prima? Ora non c'è più tempo! E quanto piacere ella avrebbe avuto se glielo avessi detto io!».

Si guardarono tutti e tre in silenzio, stando in cerchio; ma si sentirono per un istante amici e senza ostilità. E sentirono anche il bisogno di dirsi più di quello che s'erano detto fino ad allora.

Ghìsola sembrava più lieta, si mandava in dietro i capelli; toccava il laccio del grembiule, come per invitare a farselo sciogliere. Ma Pietro credeva che se ne volesse andare, perché non riesciva a dirle niente.

Il ciliegio aveva il pedano nero e rossiccio, aperto da profonde screpolature come spacchi, ripieni di resina dura e lucente; una fila di formiche saliva, ed un'altra, accanto, scendeva, brulicanti; pareva di sentirsele camminare addosso. Vicino, su l'erba acciaccata, c'era rimasta una pozzanghera di solfato di rame incalcinato. Sopra un fragolaio pendeva un fico, senza né meno una foglia, tutto liscio, con i rami quasi arruffati insieme; e la sua buccia era di un bianco roseo. Qualche rospo s'udiva dai fondi dei borri, tra i salci potati e rossi. Pareva che non ci fosse nessun'ombra; ma le nebbioline, che restavano basse come le piante, salivano dalle terre vangate.

Antonio, vedendo Pietro assorto, lo urtò. Quegli per non cadere fece un passo innanzi, presso Ghìsola; ma non fiatò perché Antonio non volesse picchiarlo proprio lì: gli parve che ella odorasse molto, di un odore strano; che lo eccitò. Gli parve anche che facesse l'atto di aprirgli le braccia; e ne fu tutto sconvolto: «Se l'avesse aperte da vero?».

Ma Antonio disse a Ghìsola:

– È possibile che tu pensi a lui? Non vedi com'è brutto?

La contadina, specie per rispetto, rispose che non era

vero; ma in modo che Antonio non se la prendesse troppo Poi seguitò a difenderlo:

– Che gliene importa?

Allora Pietro fu quasi sicuro di non essere solo; ma nor ebbe la forza d'alzare gli occhi, benché Antonio non sapesse più quel che dire. Poi Pietro la guardò; ed ella gli sorrise con uno di quei sorrisi involontariamente dolcissimi.

Perciò Antonio, non trovando da proporre di meglio, perché quei due non stessero troppo insieme, disse con tutta la sua cattiveria:

– Io me ne torno a Siena.

Ghìsola suggerì sottovoce a Pietro, sapendo che Antonio avrebbe udito lo stesso:

– Lo lasci andare.

E allora Antonio, senza aspettarlo, s'avviò; ma, volgendosi con collera, chiese:

– E tu non vieni?

Ghìsola non parlava più: e il suo silenzio non lasciava trapelar nulla. Si capiva bene però che voleva mettere alla prova Pietro, che le disse con la voce strozzata:

– Bisogna che vada. Mio padre...

Tutta la faccia di lei s'indurì; ed ella si mise a guardare Antonio già discosto parecchi passi.

Pietro si raccomandò:

– Non dirgli niente!

Ella abbassò la testa, rispondendo:

– Allora vada via!

Ma Pietro credette d'essere amato. E raggiunse Antonio, prendendolo a braccetto. Cominciarono, allora a ridacchiare.

Poi, Antonio disse sinceramente, e anche perché Pietro non pensasse più a Ghìsola:

– Perché siamo venuti a Poggio a' Meli? Non ci siamo divertiti.

Una cicala cantò da un olivo. La saggina ondeggiava prima lenta e poi in fretta; talvolta qualche stelo pareva scosso da un brivido, aprendo a tratti i suoi fiori chiari.

Antonio cavò di tasca un coltellino con il manico d'osso a coda di pesce, spingendolo sotto la buccia secca di una canna, che aveva raccolta; tagliando anche i cerchietti dei nodi, a colpi che assomigliavano al suo riso.

Pietro non si volse indietro a vedere dove fosse Ghìsola perché non facesse altrettanto Antonio, giacché ora fingeva d'esser attento al suo lavoro di pulitura. Antonio infatti lo spiava; ma era sicuro che non ce ne fosse bisogno.

Giunti alla Porta Camollia, si spolverarono con il fazzoletto le scarpe, si asciugarono il sudore e si ravversarono il cappello aiutandosi a rifarci la piega nel mezzo.

Prima d'entrare nella trattoria, si promisero di non parlare più nessuno dei due a Ghìsola.

*

Ghìsola aveva ripreso la sua strada verso il campo, con un'ebrezza che empiva di gioia tutto il suo essere. Il movimento delle gambe assecondava questa ebrezza; e le sottane erano così lievi che non le sentiva né meno.

Ella non si fidava d'Antonio che era capace di ridire tutto al padrone; non faceva nessun conto di Pietro; ed Agostino le piaceva più di tutti e tre.

In quel mentre questi, correndo attraverso i filari delle viti, e saltando le passate del grano nuovo, le andò incontro come quando con un palo in mano sfondava le zucche. Era in maniche di camicia, con i polsi tondi e forti e le vene strette dalla carne soda. Non portava il cappello; e gli occhi verdognoli, di una lucentezza di diaccio, sembravano senza palpebre.

Le saltò addosso e la gettò a terra; facendola piangere. Allora le chiese, per celia:

– Hai sentito male?

– Niente! Niente!

E lesta, alzandosi, lo afferrò a mezza vita; per fare altrettanto a lui. Ma Agostino le tirò giù le braccia. Ella sorrise, con il viso bagnato di lagrime; volle svignarsela; e puntò i piedi serrandoli insieme. Sicuro della sua forza, il giovine le gridava dentro gli orecchi:

– Ti faccio quello che voglio io! Non ruzzo. Tu lo sai!

Ella, allora, gli azzannò un braccio. Agostino, spingendo il braccio, le piegò la testa indietro, costringendola ad aprire i denti. Poi, piuttosto in collera, le domandò:

– Ed ora che cosa fai?

Ghìsola rispose, dopo aver sputato:

– Son la più debole. Te ne vanti? Com'è salata la tua pelle!

Egli la guardò negli occhi, per impaurirla.

– Quant'è che non vedi Pietro?

Ella cavò fuori la punta della lingua.

– Non viene più!

Egli che, da casa, lo aveva riconosciuto al vestito, ed era venuto per vederlo, le rifece la voce:

– Da vero?

– È quanto mi pare!

– Credevi che volessi venire a mangiare le ciliegie con lui?

E le andò addosso un'altra volta, per pestarle la punta delle scarpe tutte rotte lungo le ricuciture.

– Perché non mi hai detto la verità? Con gli altri devi esser bugiarda; con me no.

E seguitava a farla indietreggiare. Ma ambedue caddero; battendo la fronte insieme. Allora egli ebbe il desiderio di litigare da vero; ma udì la sonagliera della sua mula:

– È il mio fratello che torna!

Si drizzò in ginocchio, per ascoltare meglio. Poi finì d'alzarsi e se ne andò vociando:

– Se l'ha strapazzata troppo!... Se l'ha strapazzata troppo! Non la sa guidare.

Il ciuffo a punta de' suoi capelli sudati gli sbatteva su le ciglia; e, con quegli orecchi stretti, tutta la testa, rotonda di dietro, sembrava una palla.

Ghìsola era rimasta lì, pentita di trovarsi stesa in terra a quel modo. Si alzò in fretta, pulendosi e guardandosi i polpacci delle mani chiuse a pugno; come quando era a tagliare l'erba e si riposava.

Quando era a tagliare l'erba ficcava la punta del falcino

nel tronco di un albero, assettandosi un poco le vesti addosso, specie la camicietta che si sbottonava sempre; stringendo tra i denti le forcelle che una per volta ripigliava per mettersele nei capelli unti d'olio. Dopo aver toccato la punta del falcino, umida del legno lacerato, come di una saliva, cominciava a cantare; interrompendosi, e stando dritta in piedi. Poi, si sputava nelle mani e si rimetteva giù.

Talvolta, le veniva voglia di nascondere tutto il viso; e di restare così; di non esser veduta che dall'aria; di non mangiare più, di morire senza accorgersene.

Le veniva anche voglia di gridare; e aveva paura.

*

Quel poco tempo che Anna stava al podere, quando non aveva più da lavorare in casa, si faceva empire le brocche da Ghìsola; e poi, con un annaffiatoio, bagnava le piante dei limoni. La sera Giacco toglieva, con una zappa, l'erba nata attorno alla casa; buttandola ai conigli o alle galline.

Anna scendeva fin giù agli orti, e qualcuna delle donne le pigliava l'insalata e i cavoli.

Ella avrebbe voluto tenere i fiori, anche perché vicino a Poggio a' Meli c'era un giardino; che andava sempre a vedere, per ambire di averne un altro eguale. Ma dovevano bastarle i geranii e i garofani; quando glieli regalavano da trapiantare. Non osava, però, tenerne molti, perché certo Domenico le avrebbe domandato se andava in campagna per curarsi oppure per starci in villeggiatura. Del resto ella stessa si contentava d'averne più di quando era ragazza.

Anche per comprare quei pochi ninnoli che teneva nel suo salotto di città, era bisognato che glieli avessero venduti quasi per forza. Infatti un ebreo robivendolo, tutte le volte che non aveva da pagare il conto alla trattoria, le portava a far vedere ogni specie di oggetti vecchi e glieli lasciava sul banco; benché lei non volesse in nessun modo. E quando, passata una settimana, egli tornava, Domenico ed Anna, dopo mezz'ora per mettersi d'accordo, e avergli detto che sarebbe stata l'ultima volta, si aggiustavano alla meglio. Il robivendolo giurava che da qui in avanti avrebbe pagato sempre con i soldi alla mano; e allora bevevano insieme un bicchiere di vino, perché erano doventati anche rochi a forza di vociare e di trattarsi male.

Ma Anna ne era contenta; e così i quadri, dipinti sul vetro, delle *Cinque parti del mondo*, i portafiori d'alabastro ingiallito, le anfore di vera porcellana entravano in casa sua.

Il salotto, ormai, non ne conteneva più. C'era poi addirit tura una parete ricoperta con le fotografie di quasi tutti i conoscenti; e, sopra un mobile verniciato a noce, due ciociare di gesso che sorridevano. Nel tavolino di mezzo, un servito di cristallo celeste, ma incompleto; che aveva attorno cinque lucernine di ottone sempre infioccate su nel manico perché le mandavano, con un fiasco d'olio, a tenerle accese quando facevano i Sepolcri.

Ella dava, almeno una volta al mese, il cinabro agli impiantiti; e, allora, bisognava che si pulissero bene le scarpe prima d'entrare.

Quando, in campagna, le portavano qualche fiore, non voleva tenerlo in casa; e l'offriva alla Madonna del Convento di Poggio al Vento. Se fosse stato già tardi e avevano chiusa la chiesa, lo metteva in fresco, ma sopra il tavolo della stanza d'ingresso; e la mattina dopo era la prima faccenda.

Per pararsi il sole, che le faceva subito dolere la testa, aveva un ombrellino rosso con il manico d'avorio; un ombrellino di parecchi anni. Ella, quando vedeva le assalariate, se ne vergognava; e, chiudendolo, stava piuttosto sotto una pianta. Mentre invece, andando alla messa, lo portava volentieri; e magari se lo faceva reggere da Ghìsola.

In chiesa si metteva su una panca, un poco distante dalle contadine; che, del resto, per rispetto, a farle posto ci pensavano anche da sé.

S'era fatto un vestito nero con una guarnizione di seta gialla al collo; e con una trina che, attaccata alle spalle e alla cintura, stava fino a mezze maniche. Su la guarnizione teneva una catena d'oro. Invece, per la trattoria, aveva un vestito rosso a palline bianche e celesti.

Ella diceva a Ghìsola che imparasse a scrivere, almeno un poco; ma siccome non poteva fidarsi che Pietro le insegnasse, perché si metteva subito a farle dispetti, lei stessa ci si dedicava qualche ora del giorno, quando stava meglio. E Ghìsola s'era fatto l'inchiostro con le more delle siepi. Ma non andò mai avanti oltre le prime aste.

Per dire la verità, invece, Ghìsola avrebbe imparato volentieri; e, a sapere che Pietro andava a scuola, le faceva un grande effetto. Ella avrebbe voluto almeno leggere, perché molte delle sue amiche dei poderi accanto avevano perfino il libro da messa, quello regalato dai cappuccini per la prima comunione; e poi perché, in Piazza del Campo, le domeniche mattine, le veniva voglia di comprare le canzonette stampate che vendevano a un soldo con il racconto di qualche fatto miracoloso, dove c'era sempre una Madonna con una gran corona dietro la testa. Le canzonette erano belle perché anch'esse, prima delle rime, ci avevano sempre qualche figurina. Ella si fermava, con gli altri contadini, a sentirle con la chitarra da Cicciosodo, quel cantastorie capace di smuovere il cappello a tuba contraendo la pelle della fronte, ritto sopra uno sgabello. C'erano anche le scimmie che sceglievano i numeri con la *Ruota della Fortuna*; e c'era chi vendeva certe chicche di tutti i colori, involtate in cartocci ritagliati a frange con le forbici.

Quando tornava a Poggio a' Meli, aveva già imparato l'aria della canzonetta che le era piaciuta di più; ma non si ricordava di tutte le parole. Qualche volta, avendola comprata lo stesso e tenendola piegata in tasca perché Masa non gliela vedesse, se la faceva leggere quando nel campo trovava un'amica. C'erano da vero cose belle, che la commovevano o la facevano ridere.

*

Per non tenere Pietro proprio in ozio, Anna lo mise alle belle arti; perché aveva sempre avuto una certa tendenza al disegno, che a lei e a qualche avventore era sembrata da non trascurare.

Una mattina, in casa, ricopiando un brutto ritratto a

stampa, Pietro si chiese perché provasse quell'indefinitezza per Ghìsola.

Allungava e piegava il collo per veder meglio gli effetti; ma il disegno, a malgrado de' suoi sforzi, èra incerto e sbagliato.

Si stupiva di non riescirci; e arricciava in giù e in su le labbra, fino a toccarsi la punta del naso.

I libri di quando andava a scuola, sporchi e slegati, erano tra i suoi piedi. Urtandoli provò un lieve malessere, che lo distrasse. Anche il disegno lo irritò.

Una specie di struggimento a lui noto assalì il suo cervello come una polla diaccia, che non gli permetteva mai di fare qualche cosa. Anche gli sembrava strano d'esistere; perciò ebbe paura di sé stesso, e cercò di dimenticarsi, fissando lungamente le palme delle mani finché riuscì a non scorgerle più.

Allora percepì un dolore dietro la scapola sinistra; al quale gli parve ridotto tutto il suo essere.

E dopo un pezzo, si avvide che il tavolino sul quale lavorava, essendo troppo basso, gli aveva aiutato quell'assopimento.

Si alzò. La matita cadde, spezzandosi. Raccattò i pezzettini con un vivo dispiacere quasi superstizioso: «Perché è caduta?».

Esaminò il ritratto e poi la copia; e si sentì tanto scoraggiato che ne provò quasi affanno, come il culmine dell'indecisione e del dubbio che mai lo lasciavano in pace.

E in tanto, un raggio di sole, un raggio pieno di sonno, aveva invaso tutto il foglio di carta. E Pietro pensò: «È finita. Non vado più avanti».

Rebecca, che aveva spazzato tutte le camere, passò accanto a lui e gli disse:

– Perché stai costì senza far niente?

Le saltò addosso, dietro le spalle, allacciando le mani sopra il volto.Rebecca rise con la bocca chiusa, insalivandogli le dita. Egli la fece barcollare; poi, saltando, andò in un'altra stanza.

*

Quella stessa mattina, Ghìsola s'intestò di non alzarsi.

Masa le chiese, con ira:

– Ti senti male, forse, dormigliona?

Ma quella non rispose; e la vecchia, borbottando, andò in cucina a mangiare. Dopo un poco, riaprì l'uscio; e affacciatasi, richiese:

– Perché non mi rispondi? Vuoi fare i gestri, stamani?

Ghìsola sgorgugliò e si ravvoltolò sotto le coperte, con il viso dalla parte del muro.

Masa non era capace di avere una lunga collera; e, per giustificarsi, disse:

– Ho visto che ridevi!

E continuò ad ingoiar la zuppa diaccia, tenendo la scodella in mano.

Ghìsola era molto stanca; aveva una di quelle stanchezze che, lì per lì, si sentono anche moralmente.

Ma Masa, con una persistenza uggiosa, le disse ancora:

– Io non ho da sprecare più il fiato. E a star con te non compiccio niente.

– Smettete, dunque! Non posso dormire? Non voglio lavorare. Non devo tornare a Radda? Perché state così impalata?

Le pareva di non aver dormito; e si stupì che Masa continuasse:

– E se il padrone non ti vuole più qui, doventi impertinente con me?

E fece l'atto di batterle il cucchiaio su la faccia, ma invece lo leccò di sopra e di sotto. In fondo la compativa, e le dispiaceva di separarsene. Tornò in cucina.

Ghìsola, messa di buon umore da quelle parole, si alzò. In camicia, fece una ghirlanda di fiori finti, con certi pezzetti di filo di ferro; ai quali, l'anno avanti, era stata attaccata l'uva. Poi, la nascose nel canterano insieme con i suoi ritagli di carta colorata, con le scatole da saponette, con un mucchio di nastri e di striscioline di stoffa; che, talvolta, si divertiva a sciorinare in fila sul davanzale della finestra; dove il piccione e la picciona volavano battendo il becco ai vetri per chiederle il granturco o le briciole secche di pane che ella si ritrovava sempre in fondo alla tasca del grembiule.

Si piccò anche di non mangiare, quantunque Masa le avesse tagliato un pezzo di pane.

– Di che cosa campi? Alle volte, invece, t'inghebbi.

La giovinetta alzò il coperchio della madia e v'introdusse il capo, fiutando l'odore acre del lievito che s'era aperto secondo la croce fattavi da Masa con la costola d'un coltello.

Poi se ne andò nel campo, cantando a voce alta; e pensando ai suoi nastri e alle sue scatolette odorose.

Dove l'erba era folta, ci stava di più; dov'era rada e bassa, faceva presto, con un colpo di falcinello. Si asciugava, di quando in quando, le mani guazzose; sdrusciandosele alla sottana. Il granturchetto, gremito, le dava quasi gioia; e metteva le piante più belle sopra tutte le altre per darle da sé ai vitelli; che se le mangiavano come una ghiottoneria, leccandole, dopo, le mani e i polsi, scuotendo la testa e le catene legate alle corna.

Quel mastichìo nel silenzio della stalla! E poi bevevano così bene nelle conche colme! Una sorsata sola, che faceva abbassare subito l'acqua! E, da ultimo, certi loro succhii, smuovendo la lingua, respirando a lungo per i buchi del naso, con il collo allungato in su fino a dovere aprire la bocca; scostandosi dalle mangiatoie, a traverso.

Questa volta ella, ad un tratto, pianse; e sbatté, con tutta la sua forza, l'uscio; correndo dalla nonna.

*

Ghìsola non aveva più il buon contegno di prima. Ambiziosa e caparbia, voleva fare il comodo suo.

Tutte le domeniche, dopo pranzo, fuggiva da casa; e la rivedevano a buio. La nonna andava a cercarla per i poderi: era stata a zonzo per Siena, invece; e, per le strade, le facevano complimenti osceni e proposte di amorazzi. C'era qualcuno che la riconosceva e la seguiva per fermarla e parlarci. Ella sorrideva, un poco stordita e lusingata; perché non eran contadini ma giovini operai vestiti bene. Quando arrivava alla Porta Camollia, doveva far presto; perché le guardie daziarie se la mettevano in mezzo e le impedivano di passare.

E quando aveva un fiore, non doveva andare rasente il muro perché parecchi, ritti su l'uscio delle loro botteghe, allungavano le mani per levarglielo.

Tornata, per non udire brontolii, passava dalla finestra di camera, attaccandosi ai sostegni del pollaio; si spogliava ed entrava a letto senza cenare; arrabbiandosi con il rumore della zuppiera, dove Giacco e Masa mangiavano con i loro cucchiai d'ottone; e quando si sbattevano insieme, Giacco dava un'occhiata a Masa.

Alla fine, la nonna capiva che era in casa; e, pensando che si sarebbe ammalata, le portava di nascosto un pezzo di pane; ma, prima di darglielo, glielo batteva sul capo.

Ghìsola masticava, tenendo il capo volto dalla parte del muro; meravigliandosi che il pane fosse bagnato di lacrime, che non volevano smettere, avendo avuto, poco avanti, piuttosto voglia di ridere. Doveva esser quella la sua vita?

Ma, al rumore dei nonni quando entravano, chiudeva gli occhi; per far credere che dormisse e per il bisogno di non vederli.

L'ultimo giorno che stette a Poggio a' Meli, mentr'era per addormentarsi con una forcella in bocca, che aveva mangiucchiata con i denti, le parve di cadere da una grande altezza e battere sul tetto della casa a Radda: gemendo, si scosse tutta. Il nonno, dall'altro letto, le gridò:

– Stai zitta! Credi che non mi dispiaccia?

Temette d'esser brontolata. Poi rifletté, e a lei parve a voce alta: «Non ci pensano più. Bisogna che non russi».

Ma le dava fastidio l'odore delle lenzuola poco pulite; e, per non sentirlo, se le avvoltolò al collo.

I suoi capelli, sciolti, finivano a punta; e, sopra il capezzale, assomigliavano a una falce.

Le pareva d'entrare in casa: la mamma aveva un vestito nuovo, le due sorelle erano ingrassate. Una voce le chiese:

– Che cosa ci fai qui?

Ed ella rispose:

– Non lo so: non ci sono venuta da me. Ma il babbo dov'è nascosto?

– La colpa è tua.

Ripigliava la voce.

La mamma e le sorelle ascoltavano e guardavano, con un silenzio così orribile ch'ella si slanciava addosso a loro; perché andassero nell'altra stanza. Ma le pareva di non poter muovere le braccia, e di urtare con il capo in una parete invisibile. Allora sentiva che il cuore cambiava di posto, il ventre faceva lo stesso, la gola si spellava; e i volti della mamma e delle sorelle doventavano spaventevoli. Ella disse:

– Parlate!

Quelle si volsero ad un uscio; e il babbo, con due sacchi pieni su le spalle, con il viso grondante di sangue, tanto sangue che andava a empire la gora del mulino, salì le scale.

Ella, sentendo il peso dei sacchi addosso, urlò.

*

Pietro prediligeva i fiori di campo, i fiori sbiaditi dagli odori incerti e quasi rassomiglianti. Non aveva mai pensato a quelli di giardino senza arrossire e sentirsi molto confuso. Per abitudine, se ne empiva le tasche: margherite bianche e rosse, pisciacani gialli, vecci sbiancate e rosee, rosolacci, ginestre, violette, rose di macchia, biancospini, fiori di pisello selvatico. Poi li biasciava.

Ghìsola gli aveva insegnato a far l'inchiostro con le more e come si succhiano, per il loro sapore di miele sciapo, certi fiori rossicci simili a gigli selvatici; che si trovano tra gli steli del grano, più bassi delle spighe; e, quand'eran mature da mangiarsi, le bacche rosse delle siepi. Glielo aveva insegnato, perché smettesse di tirarle le zolle; quando s'era accorto ch'ella girava da una passata all'altra non certo per lavorare.

Un giorno, mentre egli faceva colazione, seppe che Ghìsola era tornata a Radda: Rebecca lo diceva ad Adamo. Alzò la testa per ascoltare meglio, e continuò a mangiare; ma stette quasi rincantucciato, fino alla sera, in fondo alla tavola, con la testa tra i pugni.

La pioggia cominciò ad ammollare i vetri della finestra

chiusa, quasi avesse voluto allagare tutta la stanza. Era una di quelle pioggie a vento che battono sopra un muro come per buttarlo giù; e, all'improvviso, cadono dritte, trasparenti e chiare; poi si vedono voltate alla parte opposta; e poi scompaiono; finché, di quando in quando, giunge al viso soltanto qualche gocciolina come la punta di un ago diaccio. E tutte le strade cambiano i loro colori; respirano; s'empiono di sole, che poi doventa ombra e ridoventa luce. Mentre dalla Montagnola, come da un riparo, le nuvole vengono dritte verso Siena, vanno sopra il Monte Amiata.

Strade che si dirigono in tutti i sensi, si rasentano tra sé, s'allontanano, si ritrovano due o tre volte, si fermano; come se non sapessero dove andare; con le piazze piccole e sbilenche, ripide, affondate, senza spazio, perché tutti i palazzi antichi stanno addosso a loro.

Cerchi e linee contorte di case, quasi mescolandosi come se ogni strada tentasse di andare per conto proprio; pezzi di campagne che appaiono dalla fessura di un vicolo visto in tralice, dalla scalinata d'una chiesa, da qualche loggia dimenticata e deserta.

Allora Pietro s'immaginò che Ghìsola, per cattiveria, l'obbligassero a camminar sola, tutta molle. E, pensando così, a lungo, gli venne sonno.

*

Aveva già perduto un anno di tempo, alle belle arti, senza che ancora fosse deciso sul suo conto; il che doveva dipendere dai diversi pareri dei più vecchi avventori, e da suo padre che se ne ricordava soltanto molto di rado e con rabbia. Anna insisteva con pazienza, anche dopo l'infelice prova del disegno, persuasa ch'egli fosse intelligente. Ma era destino che non potesse in alcun modo fargli del bene.

Una mattina decise di portarlo dal parroco, perché la consigliasse. Aveva già preparato il suo più bel vestito, e voleva far lesta perché il marito non lo risapesse: ci andava quasi di nascosto. All'improvviso, sentì chiudersi il cuore sempre più stretto; ma non poteva gridare. Non s'accorse nemmeno di cadere.

Fu trovata con la testa sul pavimento, verso l'armadio che aveva aperto; tutta stesa in avanti; come quegli animali che hanno avuto una calcagnata sul capo; con gli occhi mezzo schiusi e pieni ancora di vita, con il viso un poco contratto, quasi che le rincrescesse della sua morte soltanto per gli altri, chiedendo di non esserne rimproverata; con una preoccupazione indescrivibile e dolorosa.

Rebecca, ch'era andata a cercarla per ravviarle i capelli, fu la prima a vederla. Ella aprì subito le boccette che servivano quando si trattava delle convulsioni, ma Anna non respirava più.

– Signora padrona! Padrona!

Spaventata e tremando tutta, corse in cucina e s'affacciò a gridare dalla finestra che rispondeva dinanzi all'uscio della trattoria. La intese un cameriere:

– Il padrone! Che venga subito!

Il cameriere, credendo che fosse un attacco di convulsioni più forte del consueto, posò il cencio che aveva in mano e andò in cucina:

– Dov'è il padrone?

– Non è ancora tornato: è restato a pagare il conto dal droghiere.

– Correte subito a cercarlo! La padrona si sente male!

Lo sguattero, che aveva risposto, posò il coltello con il quale puliva il pesce ammonticchiato dentro l'acquaio e tolto allora allora dalla sporta, si asciugò le mani, ravvolse il grembiule su al legacciolo; ed uscì. Ma non poté trovare subito Domenico, che era andato a fare altre spese.

Quando lo vide, tornarono ambedue quasi correndo. Per le scale, Domenico sbatté contro il medico, suo amico e avventore, che scendeva ad aspettarlo:

– Caro Domenico... Ascoltate un momento!

Il trattore lo prese per le spalle. Il medico gli allontanò le mani, fermandogli i polsi.

– Domenico, questa volta... Quella povera donna!

Egli gridò:

– Mi lasci! È una convulsione.

Ma si sentì gelare tutto, con un gelo che gli veniva a ondate, dalla cima delle dita e si fermava nel mezzo del capo. Credette, lì per lì, che si trattasse di un turbamento della sua intelligenza; ma il respiro affannoso, a lui che respirava così bene, gli ricordò che la cosa quasi presentita era ormai venuta. Come affrontarla? Come vedere Anna morta? Doveva proprio andarci lui?

E quando entrò nella camera, i muri e le porte traballavano e si spalancavano da sé, credette di non vedere niente. Poi toccò il volto già freddo e un po' rigido; e allora chiuse gli occhi, si buttò sopra la moglie e cominciò a piangere.

I suoi gridi stessi lo facevano tremare.

A poco a poco sentì il suo dolore. Tutta la sua enorme violenza, ora, gli pareva cambiata in paura; gli pareva che Poggio a' Meli fosse trascinato via lontano ed egli non aveva il tempo di far qualche cosa; gli pareva che gli usci della sua trattoria si chiudessero da sé e non volessero esser riaperti; e che Anna avesse tanto sofferto per non poter parlare; e tutto crollava in lui.

Il suo dolore era così pieno che tutti avrebbero dovuto consolarlo! Ora si pentiva di non averle voluto bene abbastanza!

Anna s'era raffreddata a poco a poco; e, avendole qualcuno stese le palpebre, parve insolitamente estranea per la prima volta a tutta la gente che le era attorno.

Qualcuno la prese sotto il mento, e la compianse:

– Chi sa che avrebbe voluto dire! Che passione! Povera donna! Così buona!

Pietro la vide già portata sul letto, senza saper quel che ne dovesse pensare. Domenico gli parlò soltanto quando qualcuno glielo rammentò. Ma senza nessun affetto; quasi con il bisogno di sfuggirlo. E proprio in quel momento, sperò ancora di più di tenerlo con sé per la trattoria. Continuava intanto a gridare che l'udivano anche dalla strada.

– Sembra che stia per scendere da letto!

Disse Rebecca.

A un tratto Domenico le si accostò un'altra volta, la toccò

su i capelli, fece un gesto di disperazione; ed urlò più forte.
Pietro, senza provar niente, all'infuori di una vaga inquietudine, si appoggiò ai guanciali e cercò di piangere: dentro di sé chiedevasi se anche gli altri sentissero così poco e provò una consolazione indefinibile quando il padre fu allontanato in modo ch'egli non vide e non udì più il suo dolore; che gli era antipatico come le sue collere.

Rebecca gli disse:

– Povera mamma, voleva tanto bene a te!

A lui gliene importava poco, anzi s'ebbe a male di queste parole; e si allontanò per distrarsi, vergognandosi.

La mattina dell'esequie s'era dimenticato di tutto, quando intravide dall'uscio mezzo aperto il padre che gli si avvicinava. Ebbe, senza spiegarsi il perché, paura d'esser percosso a sangue.

Domenico gli disse:

– Vestiti; tra poco porteranno via la tua povera mamma.

Pietro si sforzò d'obbedire. Piuttosto, era ora spaventato di qualche sciagura che dovesse capitare a lui!

Discese dal letto; e, fingendo a se stesso, si vestì cercando d'imitare i gesti di dolore che aveva veduti.

In tal modo finì con il sentire una ilarità muta, mista a terrore.

Ma, quando gli fecero baciare la mamma, prima che la mettessero dentro la cassa, pensò: «Perché non c'entro anch'io? Metteteci me».

Poi l'assalì uno sgomento inaudito. «Credete che sia morta? Fingete tutti. Anche questa è una finzione. Lo sapevo che m'avreste dato qualche dispiacere violento; e non lo merito.»

Singhiozzò, invaso da una cupa disperazione. Perché non gli avevano detto prima ch'era morta?

Restò tra le persone che mettevano il cadavere dentro la cassa; ma non avrebbe toccato né meno il lembo della veste. E si meravigliò che gli altri facessero tutto come se si trattasse di una faccenda qualsiasi, con le lacrime e con quei segni di affetto che non sembravano mai finiti; raddrizzare la testa sopra il cuscino scelto con le cifre ricamate, accostare i piedi insieme, accomodare sui capelli un fiore scivolato tra una spalla e la cassa.

Egli avrebbe voluto che nessuno fosse stato lì; e gli facevano male tutte quelle mani, che si muovevano in fretta. Quelle mani, quelle mani!

Voleva gridare: «Portatela via presto! Perché non l'avete portata via? Non ce la voglio più in casa». E si meravigliò del padre, che non s'impazientiva, un poco calmato da tutte quelle attenzioni.

Volle seguire il trasporto al cimitero in carrozza chiusa, tirando giù nervosamente le vecchie tendine di seta turchina per non esser visto da nessuno; mentre Domenico anche per risparmio avrebbe voluto andare a piedi. Ma Pietro si preoccupava della gente ferma a guardare nella strada e perfino dinanzi all'uscio di casa. Notò che si alzavano in piedi ed allungavano il collo per veder meglio.

*

La morte di Anna era stato un vero danno per Domenico. I sottoposti non lavoravano più quanto prima; ed egli, preso da uno sconforto che lo rendeva furioso, doventava più irascibile; e non era infrequente che se la pigliasse con qualcuno senza nessuna ragione. Si fece anche più economo, e dovette rinunciare a molti progetti per la trattoria e per il podere. Doveva lavorare di più, e non poteva sopportare la stanchezza. E fu addirittura incapace di pensare per il figliolo come avrebbe dovuto. Lo lasciò quasi libero; ma non di rado, quando se ne pentiva, lo trattava senza riguardi e con una violenza così sproporzionata che anche Rebecca lo difendeva. E, allora, smetteva; ma, alla prima occasione, faceva peggio come se avesse dovuto vendicarsi.

Anna era morta la seconda settimana di gennaio; e, tutte le domeniche, prima di giorno, il trattore andava con due mazzi di fiori alla sua tomba. Avrebbe voluto portarne uno lui e darne uno a Pietro; ma Pietro non l'ubbidiva. Piegando i ginocchi dalle percosse, mortificato, diceva:

– Ma perché? Non mi devi dare i calci.

E se lo avessero riconosciuto?

Nel cielo cominciavano quegli immensi chiarori, che vengono dall'alba ancora lontana; le strade erano tetre ed umide.

Di solito, soltanto poche persone passavano, camminando in fretta; e si udiva bene quel che dicevano: le voci risuonavano come le scarpe con i chiodi su le pietre. E qualcuno, per lo più facchini che si recavano all'arrivo dei treni, accendeva la pipa, coprendo con ambedue le mani il fiammifero.

Domenico, quasi a metà della strada, entrava in un bar dov'era una ragazza con una veste così scollacciata che Pietro aveva paura si aprisse tutta.

Ella rideva agli avventori; e allora le sue gote incipriate, sode e rotonde, si gonfiavano fino a farle socchiudere gli occhi. Dava quel sorriso come le tazzine di porcellana filettate d'oro.

Pietro non voleva entrare. Domenico tornava fuori, strascinandocelo.

La ragazza faceva la sguaiata con Domenico: ma Pietro se ne stava a capo chino, impacciato di lei, del suo vezzo, e degli specchi grandi come le pareti; non sapendo né meno come prendere il caffè. E si bruciava le dita e la bocca.

Esciva prima che il padre avesse avuto il tempo di bevere; e, dai vetri velati di vapore, che si scioglieva in sgocciolature lunghe e torte, lo vedeva ridere con la ragazza.

Su la Torre del Palazzo Pubblico, a sereno, batteva una luce più limpida, e il cielo era pieno di rondoni, che stridevano con stridi lunghi come i loro voli. La Piazza del Campo era tutta rosea, con alcune strisciate verdi di erba e con i colonnini di pietra bianca.

«Quest'altra domenica, io entrerò senza che egli mi ci forzi».

Ma pareva che quella specie di timidezza crescesse da una settimana all'altra; divenisse come una malattia; e, sovvenendosene, sentiva la fronte coperta di sudore diaccio. Dopo, le mani gli si irrigidivano in tasca, con la fodera presa tra le dita; e i piedi si rifiutavano di muoversi.

Anche Domenico, del resto, camminava lentamente; e quando era infreddato, per cavare il fazzoletto e soffiarsi il naso, si fermava.

Salendo la Via di Città e poi quella di Stalloreggi, Pietro era sempre più triste.

Giunti al cimitero, Domenico chiacchierava con Braciola, il becchino del colore della sua terra, grasso come fosse stato pieno di vermi, con i baffi bianchicci; e, infilati i mazzi dentro due lunghi vasi di porcellana, dov'era restata un poco d'acqua quasi nera, sempre la stessa, guardandosi attorno esclamava:

– Come si allarga in fretta! Quando morì la tua mamma, le tombe arrivavano soltanto qui.

Restava fermo, e poi chiedeva:

– La vedova non è venuta stamani?

– Prima di noi, forse. Andiamocene, è inutile aspettarla.

– È presto. Perché non la vuoi aspettare? Tutte le mattine porta i fiori.

Pensava male del figliolo, che non si curava punto di lei, la sola persona che a quell'ora si trovasse sempre come loro dentro il cimitero!

Ma la vedova aveva sentito diminuire l'importanza della sua fedeltà devota. Perché proprio il Rosi doveva pigliare quella stessa abitudine quando era noto per tutta la città che non aveva adorato la moglie, come ora voleva far credere?

Gli dava un'occhiata diffidente, rispondendo imbarazzata al suo saluto. E quale effetto le faceva quel ragazzo che non guardava né meno le tombe, con le mani in tasca, e un'aria assonnata o impertinente!

Pietro esclamava:

– Io vado via.

E questo battibecco doventava sempre peggio. Domenico, una volta, ormai alla fine dell'inverno, gl'impose:

– Vattene.

Pietro arrossì, ma disse:

– Che me ne importa di lei?

La guazza aveva come appastata la terra delle fosse nuove.

Qualche uccello volava di traverso, tutto inclinato da una parte. Tra i cipressi si vedevano le montagne, che sembravano soltanto lunghe striscie di colore ancora umido.

Le lapidi erano coperte di chiocciolîne grigie. La Cattedrale si faceva sempre più bianca; e Pietro si accorse, guardandola, d'esser pieno d'ira.

Incontrarono la vedova al cancello; e Domenico la salutò. Ella rispose senza né meno voltarsi; ma badando Pietro con la coda dell'occhio. Domenico si fermò, e disse come tutte le altre volte:

– Ora va alla tomba del marito.

Tutti la conoscevano soltanto di vista, e Domenico non ne sapeva più degli altri. Tornando dal cimitero, dove pregava almeno una mezz'ora, faceva la spesa; e nessuno, fino alla mattina dopo, la rivedeva più.

Era bassa e grassa; e, camminando, le rimbalzava il seno quasi sorretto dalla sporgenza del ventre. Il suo cappello, troppo piccolo, era tenuto fermo con un elastico nero che le girava dietro gli orecchi e sotto la gola. Ad ogni passo, una sua vecchia piuma verdognola si scuoteva come se ricevesse un colpo. Tra i capelli, radi e tirati con forza, con una forcellina, si vedeva la nuca untuosa e rossiccia come pelle d'oca. Era vestita, chi sa da quando, allo stesso modo; forse non per miseria.

Domenico, dopo averla seguita con gli occhi, chiese al figliolo:

– A che pensi?

Pietro sorrise, e disse:

– Io? A niente.

– Perché, dunque, stai con la testa bassa?

– Non me ne accorgo, lo sai!

– Così tu sei brutto, mentre io ti avrei messo al mondo simpatico. E a scuola perché ci vuoi tornare? Non ti sei fatto mandar via?

Domenico gli parlava della scuola con risentimento e in quei momenti creduti da lui più opportuni a influire sul suo animo.

Il giovinetto tacque, sentendosi come svenire: il padre

non si sarebbe mai dimenticato di fargli questo rinfaccio, per valersene!

E, vedutolo confuso e mortificato, riprese:

– Potresti aiutar me, e tra qualche anno prender moglie.

Domenico trovava conveniente ammogliarlo presto, ora che non c'era una padrona nella trattoria; e più di una volta gli aveva misurato con un'occhiata l'aspetto e la statura; per convincersi che non era presto; per quanto avesse soltanto sedici anni.

– Io... non mi sposerò.

– E, allora, pensaci bene: sarò costretto a riprenderla io. Ti dispiacerebbe?

Pietro esitò; ma, per non esser distolto dalla voglia di tornare a scuola, chiese:

– E chi sarebbe?

Il padre, per provare il suo vero sentimento, rispose:

– Te lo farò sapere presto.

E lo guardò. Ma Pietro ne aveva parlato come di cose altrui; e aggiunse:

– Mi hanno detto quella signora... che ha due figlie. La signora... che venne a mangiare anche ieri l'altro.

Si trattava di una ciarla, e basta. Domenico riprese:

– Sarebbe meglio che sposassi tu una di quelle.

– Io?

Arrossì un'altra volta, perché gli parve una cosa troppo sopra a se stesso; quantunque lo agitasse un poco.

– T'insegnerò quella che mi piacerebbe per te.

Egli rise: – Ho capito: la minore.

Ma Domenico non rispose più, già pensando che la sera avanti si era dimenticato di mandare a dire ai suoi assalariati che portassero alla monta le vacche.

– Se non rispondi, perché ne abbiamo parlato?

Si arrischiò a chiedere Pietro. Ma Domenico gridò con collera:

– Tu non sei in grado d'immischiarti in quello che faccio io. Darei da mangiare anche alla tua moglie? Se non la finisci! Vedi: dovresti andare a Poggio a' Meli!

E, come faceva ad ogni occasione, trasse dal taschino del panciotto una piccola corona nera, che teneva lì con alcune sterline d'oro; e disse la solita frase, dopo avergli quasi toccato la fronte con la croce:

– Vedi? Questo è il ricordo della mia povera mamma Gigella. Io la porto sempre con me. Non mi dette altro, quando la lasciai per venire a Siena. E tu che cos'hai che ti ricordi la tua mamma?

Ma, accortosi che ora, a sua volta, Pietro non lo ascoltava né meno, s'inquietò: gli pareva impossibile che un figliolo facesse così! E dire che aveva avuto intenzione perfino di mettergli il suo nome, tanto doveva assomigliargli, appartenergli!

Quasi l'avrebbe preso con le mani, per stroncarlo come un fuscello! Proprio il figlio sfuggiva alla sua volontà? Non doveva obbedire più degli altri, invece?

Ad un tratto, come un'insinuazione a tradimento, capì che anche egli era come un'altra persona qualunque.

E, allora, sarebbe stato meglio che non gli fosse nato. Perché gli era nato? Meglio non parlargli più, sopportando che camminasse accanto, in silenzio, magari a testa bassa, fino a batterla sul lastrico.

Pietro portò le chiavi della bottega ai camerieri che lo attendevano nella strada; ed entrò con loro anche lui; ma, senza la voglia di restarci, come avrebbe dovuto, salì in casa. Domenico gli aveva dato le chiavi evitando che i loro occhi s'incontrassero; e, fatta tutta la spesa, lo mandò a chiamare perché aveva lasciato i sottoposti soli.

– Tu non saprai mai essere un padrone. Come farai a comandare se tu stesso non impari?

Ora parlava con il figliolo per sfogarsi; e il suo rimprovero era pieno di bontà. Poi, presi in mano tutti i mazzi degli uccelli da cuocere allo spiedo, gli disse:

– Questo è un tordo, e questa un'allodola: aiutami a pelare.

E si sedé dinanzi a un gran paniere, dove andavano le penne. Ma Pietro era così distratto che canticchiò un poco, sottovoce; e poi rispose:

– Se tu sei contento, vado a leggere un libro.

Domenico finì d'infilare in uno spiedo gli uccelli già spennati, pose in ordine il girarrosto; poi gli chiese: – Che libro è?

– Quando te l'ho detto, non capirai lo stesso.

Domenico, tenendo una mano alzata, sentenziò con la sua aria di padrone:

– Io me ne intendo più di tutti gli scienziati, perché sono tuo padre. Nessuno meglio di me sa quello che ci vuole per te.

E si mise la mano al petto, come per confermare che diceva la verità; sul grembiule tutto insanguinato e impennato. Poi andò al fornello, spezzò con la paletta la brace grossa; prese per le spalle Tiburzi, e lo piegò alla buca del carbone, gridando:

– Non vedi da te che c'è più fuoco?

Domenico, ormai, non pensava più a Pietro; ma, quando lo rivide lì, gli s'avventò con il pugno chiuso:

– Vattene!

Pietro stette fermo, e abbassò la testa; guardando da sotto in su.

Il movimento trafelato dei cuochi, continuamente stimolati e ripresi anche con male parole e con spinte da Domenico, che in un'ora voleva sempre preparare tutte le pietanze, non riusciva a toglierlo da quelle distrazioni.

Già la violenza del trattore aveva fatto tacere tutti; e nessuno poteva fare a meno d'obbedire, magari sbagliando anche di più. Ma quando egli entrò in un bugigattolo buio per attaccare da sé agli uncini i pezzi di carne che voleva lasciare cruda, Guerrino si volse subito a Pietro, mettendo la lingua tra i denti, perché si ricordasse di una sua barzelletta raccontata la sera innanzi. Tutti sorrisero, senza smettere di lavorare. E Pietro disse sottovoce:

– Raccontamene un'altra.

Il cuoco, sdrucciolando in una fetta di codenna, gli fece un altro gesto per fargli capire d'aspettare. Tiburzi, con la giacca turchina, che sopra la legatura del grembiule gli si gonfiava in tante pieghe, vigilava girando gli occhi, senza smuovere la testa; ilare e pestando i piedi dalla contentezza, con le braccia nell'acqua tiepida delle zangole untuose e piene di piatti da lavare. Egli aveva un gozzo duro e giallastro, come gli ci fosse rimasta una pietra; uno di quei gozzi da galline satolle.

Ma Domenico, che parecchie volte fingeva appunto di non udire e di non vedere per conoscere meglio i suoi sottoposti, rientrò dicendo:

– Ghìsola ha avvezzato male anche te!

Pietro, impaurito e sorpreso, domandò:

– Perché?

Tutti gli si volsero, con allegra curiosità.

Come la incolpava? Qualcuno certo gli aveva fatto bevere cose non vere! Ecco perché l'aveva rimandata a Radda! Ma egli n'ebbe invece simpatia; contro l'ingiustizia con la quale la dileggiavano; e desiderò di rivederla. Ma perché tutti lo guardavano con malizia, ridendo e divertendocisi? E perché suo padre era così convinto di quel che aveva detto? Rimase con i diti appuntellati sul tavolino, afflitto.

Ora era un giovinetto magro e pallido, con il vizio di tenere una spalla più su dell'altra. Vestiva male, con un cordoncino rosso al colletto sempre sgualcito e sporco; i capelli biondi, gli orecchi troppo larghi e discosti dalla testa; gli occhi di un celeste chiaro chiaro e come se egli avesse qualche cosa da difendere. Il volto con un'animosità ingenua e malinconica, ma sicura e risoluta; quasi imbarazzante e spiacevole.

Talvolta, a giornate intere, sembrava malcontento; ma, se gli parlavano, doventava subito tranquillo e affabile. Tartagliava meno.

Quel che provava dinanzi alle cose rimaneva troppo indefinibile, ed egli ne soffriva. La primavera era come una violenza. Leggere, allora, un libro sotto qualche albero! Interrompeva la lettura a mezze pagine, a caso, per alzarsi in piedi e tirare fino alla faccia un ramo, quasi per farsi accarezzare. Ma avrebbe voluto chiedergli il permesso; guardando dinanzi le colline ricoperte di chiome candide e spioventi, mandorli e peschi, che pendevano da qualche parte, come se dovessero spargersi a terra. E, assicuratosi che nessuno lo avesse scorto, sospirava ricominciando a leggere. Non aveva trovato ancora il libro per la sua anima. Talvolta non leggeva più, perché gli pareva di vedere di là dalle pagine che doventavano come trasparenti e sfondate.

Se un insetto, salitogli su per i calzoni, giungeva sopra il libro, smetteva anche allora.

Qualche uccello entrava tra le rame in fiore, con il movimento e la forza di un ago infilato; come se le fronde si fossero aperte e poi richiuse per lui.

Anche prima che Anna morisse, non voleva andare in chiesa; ed ella non riusciva quasi mai a farlo pregare. Ormai si sentiva ateo. Bestemmiava, perché non voleva avere i pregiudizii dei preti. E Domenico ne dava tutta la colpa a quei maledetti libri della scuola.

*

Domenico faceva castrare tutte le bestie di Poggio a' Meli; e gli assalariati ci si divertivano, con un'ironia che Giacco e Masa credevano per la loro nipote:

– È bene: così non si muoveranno da casa! E poi ingrasseranno di più.

Qualche volta ci erano dieci o dodici galletti accapponati, mogi, che beccavano di mala voglia, con le penne insanguinate; nella stalla, i vitelli intontiti dalla castratura, afflitti, con gli occhi più oscuri e tetri.

Il cane disteso su l'aia, i gatti silenziosi e immaligniti, rincantucciati sotto il carro e dietro le fastelle, con gli occhi sempre aperti.

Ora, ad una gatta, fece scegliere soltanto un maschio, per tenerlo alla trattoria. Il castrino lo prese e lo mise con la testa all'ingiù dentro a un sacco stretto tra le sue ginocchia; e con un coltellaccio tagliò di colpo. La bestia fu per restare lì dentro, arrembata; poi, miagolando, saltò e sparì non si sa dove.

– Ecco fatto. S'è ricordato tardi di miagolare!

– C'è voluto poco da vero!

E risero, ammirando.

Domenico, tenutosi alquanto discosto, anche per esagerare il ribrezzo, disse a quell'uomo:

– Quanto devi avere?

– Una lira. È troppo?

– Una lira?

– Mi dia quello che vuole. Tanto con lei bisogna fare a modo suo.

Gli era rimasta la bocca storta dopo un attacco di paralisi; e i suoi occhi cisposi lagrimavano sempre.

– Ti dò mezza lira; e verrai a mangiare un piatto di spaghetti alla trattoria.

E gli contò i soldi.

L'uomo li tenne un momento nel palmo della mano, quasi pesandoli; poi, facendo una smorfia di scontento malizioso, se li cacciò in tasca dopo aver guardato che non fosse rotta.

– Almeno che gli spaghetti siano abbondanti!

E girati gli occhi attorno agli assalariati, che si erano riuniti per far colazione, toccò il ventre di Domenico; dicendo:

– Ecco come ingrassano i ricchi!

Ma gli assalariati fecero finta di non udire; e Carlo si mise una mano su le labbra. Pietro chiese:

— Dove sarà andato il gatto? Vuoi che vada a vedere?

– Lascialo fare, quando avrà fame tornerà.

– Non morirà mica? – domandò al castrino.

– È impossibile: si lecca la ferita finché non è rimarginata. Per medicarsi sono più bravi di noi!

E parlarono delle altre castrature, specie di quella di Toppa; che abbassava la coda tra le gambe e ringhiava quando gli altri cani gli si avvicinavano. Tutti s'erano voltati verso la bestia, che s'allontanò come se avesse capito. Ma tornò subito a dietro, perché gli assalariati mangiavano, chiacchierando dai loro usci aperti l'uno di fronte all'altro sul piazzale; mentre le donne terminavano le faccende di casa.

– Attingimi una brocca d'acqua, Adele! – disse Carlo avanzandosi da dove era.

Ella obbedì; e lasciò la brocca sul pozzo mentre la molla della catena oscillava ancora.

Le avevano tenuti gli occhi addosso; e poi, ad uno per volta, bevvero e intinsero le loro fette di pane duro.

Muovendosi per il piazzale, si scambiavano le opinioni relative ai loro lavori campestri; attenti quando il padrone, andato a vedere le vacche, tornasse.

Pietro stava in mezzo a loro, divertendosi a vederli masticare: qualcuno, per non sprecare le briciole, arrovesciava indietro la testa, e si metteva in bocca il pane con il palmo della mano.

Carlo era un uomo grasso e robusto, quantunque l'inverno soffrisse di doglie alle gambe. La sua camicia di lino grosso era sempre la più pulita. Ma puzzava di concio; e il fiato gli sapeva d'aglio e di cipolle, di cui era ghiottissimo: ad ogni morso, guardava i segni dei denti nel pane.

Il castrino, stimandolo da più degli altri, prima d'andarsene, gli mostrò tutti i soldi riscossi:

– Li vedi? Son come noi uomini: chi è fatto in un modo e chi in un altro. Questo è stato battuto con il martello, e appena si conosce com'è. Quest'altro è piegato, come se uno è zoppo; quest'altro lo volevano bucare, come se tu dài una coltellata a qualcuno o la dànno a te; e questo è consumato tanto che pesa metà: è un povero come me; e me lo beverò per il primo, perché non mi ci faccia pensare. A rivederci.

Sputò e bestemmiò.

Carlo a pena gli rispose. Poi disse, quando non poteva più essere udito da lui:

– Voleva far colazione con il mio pane. Ma non gli è riuscito.

E guardò verso la sua casa, dov'era la madia ancora aperta.

*

Erano passati tre anni; e Pietro aveva preso la licenza tecnica. In fatti, rimandato a scuola, dopo molte difficoltà e non poca diffidenza, s'era impegnato a studiare.

Passava tutte le ore libere con i compagni; e Domenico

permetteva perfino che entrassero a prenderlo dentro la trattoria.

Ma fu il tempo ch'egli cominciò a conoscere le donne. Vi andava di nascosto; e, per procurarsi i soldi, vendeva i libri e qualche oggetto che riesciva a portare via di casa senza che Domenico se ne accorgesse: un servito di maiolica, alcuni medaglioni di pietre buone e perfino un antico ventaglio d'avorio e di seta. Poi ne rimetteva le chiavi sotto un tondino di lana, che faceva da posalume.

Uno dei lavoranti a giornata, che Domenico teneva a Poggio a' Meli, s'innamorò di Rebecca; e fece capire che l'avrebbe sposata volentieri. Il Rosi che da qualche tempo aveva fatto venire, sempre da Radda, un'altra nipote di Rebecca, cugina di Ghìsola, pensò che poteva dare il consenso; facendo prendere alla nipote il posto della zia. Fornì lui la dote e molte altre spese; e, per di più, pigliò cameriere il marito.

Dopo la morte di Anna, Rebecca aveva seguitato ad essere in buoni rapporti con il padrone; ma questa nipote, Rosaura, l'aveva ben presto surrogata; e zia e nipote, finché non avvenne il matrimonio, leticavano anche dentro la trattoria; con grande paura di Giacco e Masa, che non volevano compromettere il pane della loro vecchiaia.

Masa si nascondeva perché non la vedessero riposarsi sempre; temendo che l'avrebbero fatta licenziare, tanto più che del padrone si fidava poco anche lei, conoscendolo meglio degli altri. Sedendosi, alzava la sottana, rovesciava in giù le calze di cotone bianco, e grattavasi le gambe dove sentiva continui dolori.

Le altre donne, che guadagnavano lo stesso, se ne accor gevano; e perciò la invidiavano e le volevano molto male, chiamandola perfino ladra; ma per stare nelle sue grazie l'aiutavano invece.

Infatti Domenico continuava a benvolerla, perché lo tene va informato di tutto quel che facevano al podere.

Ma Giacco non chiedeva più le cicche a Pietro; anzi, creduto ch'egli si fosse fatto cattivo, arrivò al punto di maldolersene con il padrone, dicendogli che se non fosse stato lui, povero vecchio che tutti spregiavano, a Poggio a' Meli avrebbero magari rubato i mattoni dell'aia d'accordo con il suo figliolo.

– Non ha giudizio! Mi permetta di dirglielo... Mi scusi, anzi! E con me perché ce l'ha presa?

Domenico lo rassicurava alla meglio; ma non tanto, per calcolo. E, allora, egli facendo l'offeso che s'addolora, e mostrando d'aver parlato contro la propria volontà, taceva subito.

Qualche volta, toltosi il cappello e sbattutolo su le ginocchia, per farsi compatire, alludendo a Pietro, gridava:

– Non ho fortuna io!

Ma non lavorava più con gli altri, facendo soltanto quello che prima toccava alla sua nipote; le gambe gli si erano piegate fino a battersi insieme; e sembravano raccorcite, come talvolta le funi di due campane vicine, se s'avvolgono tra sé.

Quando doveva parlare, la sua testa grossa faceva uno sforzo per star dritta su le spalle stremenzite e curve. Aveva un volto indefinibile, con la pelle paralizzata, con le rughe, simili a piccoli scheggiali, bruciate dal sole; tra cui si radunava il sudiciume untuoso. La bocca non si vedeva sotto i baffi arruffati e cascanti, che assomigliavano a pelo di bestia. Le congiuntive, di un colore gialliccio, gli si erano ispessite.

Prima di eseguire una cosa, si grattava la testa dietro gli orecchi, tenendo con l'altra mano il cappello alzato; come se avesse cercato di rifletter bene.

Quando il padroncino gli passava accanto, lo prendeva per una manica; chiedendogli:

– Non mi parla più?

Infatti Pietro lo evitava perché non gli piaceva quel suo modo di fare doppio, che lasciava intravedere, senza ritegno, come potesse stimarsi anche da più di lui.

Rattenendolo, gli diceva con diffidenza, che avrebbe voluto sembrare affettuosa:

– E pure io lo conosco fin da bambino, e l'ho tenuto anche sopra le ginocchia... È adirato con me, forse?

Procurava di far sorridere Pietro, per non convenire di aver parlato a vuoto. Ma ripigliava, cupo, quasi per convincere, con risentimento:

– Perché non mi vuol bene?

Pietro non sapeva quel che rispondere, contento di vederlo quasi supplicare.

– E pure ho fatto sempre il mio dovere; e suo padre lo sa. E lo farò finché Dio mi terrà in piedi.

E allora la sua voce doventava quasi arrogante.

Il giovinetto aveva una specie di repugnanza per quella sua ostinazione certo esagerata.

Il vecchio lo guardava fisso; Pietro gli dava un'occhiata timida, divincolandosi.

Giacco procurava di sorridere; ma, vedendo la fisonomia di Pietro, non gli riusciva. Ma Pietro sentivasi liberato, anche perché poteva andarsene senz'altro.

Una volta gli domandò:

– E Ghìsola?

L'assalariato si ringalluzzì tutto, intuendo quale poteva essere il mezzo per farsi benvolere dal padroncino; esitando, nondimeno, ad approfittarne.

– Oh, era tanto tempo che non ne parlava più!

– Ma dov'è?

Giacco, invece di farglielo sapere subito, perché avrebbe voluto dir tante cose, si grattò il petto. Da uno strappo della camicia si vedevano i capezzoloni, di sangue nero, con i peli lunghi, con i pori gonfi. Un filo, con un sacchetto di medagliuzze, sporco di sudore, gli stringeva il collo; facendoglici una recisa.

– È a Radda, io credo.

Rispose a voce bassa; e con il falcino indicò le colline del Chianti.

– Scrisse due mesi fa... Vede? Radda è là.

– Avete sempre la lettera?

– La prese la mia donna. Io credo che l'abbia conservata. Credo, almeno! Diamine, non l'avrà buttata via!

E dicendo così, faceva capire di no.

Pietro domandò:

– Perché buttata via? Se le volete bene, dovete avere questa lettera. La voglio vedere.

Egli parlava come se dovesse difendere un diritto. E s'inasprì la sua ostilità con il vecchio; che, incerto e incuriosito, disse poi:

– Ha mandato anche un'altra cosa.

E strizzò un occhio.

– Che cosa? Scommetto, la sua fotografia?

Giacco chiese, mettendogli una mano su la spalla e ritraendola in fretta:

– Chi glielo ha detto?

– Non l'ha mandata? Rispondete.

Giacco, tutto allegro, appoggiandosi ad un olivo per seguitare, esclamò:

– Da vero!

Faceva l'effetto di una tartaruga, che comincia a muoversi quando confida di non esser molestata più.

Pietro girò su sé stesso; e, senza dirgli più niente, andò a casa del vecchio, con una contentezza immensa. Radda gli pareva a pochi chilometri di distanza!

Le spighe del grano, incurvate dai venti e dalle pioggie, come tanti uncini, avevano un'indoratura tenue; gli steli erano arruffati e alcuni rotti. Giacco gli gridò dietro:

– M'ascolti, m'ascolti...

Masa asciugava i piatti, seduta sopra lo scalino di camera.

– Il vostro marito m'ha detto che avete una lettera di Ghìsola. È vero?

La vecchia, che tante volte aveva pensato di fargliela leggere, gli rispose la verità; e, poi, chiese:

– Glielo ha detto proprio lui?

– Non volevate?

E, senza aspettare che s'alzasse, entrò in camera; scaval cando la donna, che abbassò tutta la schiena.

Masa gli era più simpatica; ma con il padrone ella parlava male di lui quanto Giacco.

– Ora vengo io! Non frughi nel canterano... Non la trova.

Egli disse soltanto, stizzito:

– Spicciatevi. Siete una stupida. Non capite quel che io penso di lei.

Temeva che sopraggiungesse Giacco, dinanzi al quale sarebbe stato zitto; perché talvolta i suoi sguardi lo facevano diffidente, se non cauto.

Masa trovò la lettera; ma, prima di dargliela, disse, tenendola con la mano aperta contro il petto incavato:

– Non voglio che ne risappia niente il padrone.

– Perché? Chi glielo ridice?

Ella arrossì, e rispose:

– Il perché lo sa meglio di me.

Poi mosse le labbra, come quando mordicchiava il refe per infilarlo nell'ago.

La busta, e a lui dispiacque, era stata strappata, a pizzicotti, intorno; per cavare la lettera dettata certo a qualche parente, perché Ghìsola non sapeva scrivere. Pietro, a voce alta, la lesse tutta: i suoi genitori avevano avuto il morbillo, la zia Giuseppa non poteva allattare la bambina.

Allora, chiese:

– E la fotografia dov'è?

Masa rideva, e la sua arroganza se ne compiaceva molto. Si pigiò, più volte, i fianchi con le nocche. Quando rideva, si vedevano i suoi denti fitti e ancora bianchi.

– È una settimana che m'è caduta dietro il canterano; mentre la volevo spolverare.

Egli scorse, infatti, sotto una fila di santi, attaccati al muro, lungo una cordicella, una cornice di vecchio velluto turchino, ma vuota. Quel vuoto, con un foglio bianco, lo intenerì.

– Non avete pensato prima a raccattarla?

Ormai si sentiva certo di vederla. E gli pareva di compiere un dovere.

Ma Masa, non volendo rimproveri, disse:

– Saremo a tempo a prenderla! Chi ci pensa? La mattina ci alziamo presto; la sera non abbiamo voglia, perché siamo stracchi.

– Scanserò il canterano io.

Quando c'era da far valere un rispetto, lavorava anche lui!

– Non mi faccia inquietare!

Ma i suoi occhi non erano cattivi come le altre volte: c'era dolcezza, benché torbida e ambigua.

– Perché?

– Il canterano è peso, e lei potrebbe farsi male. Il padrone incolperebbe me.

Quand'ella parlava di lui, a Pietro pareva di doversi infilare in qualche punta.

– Aiutatemi, invece!

Sarebbero stati pronti a bisticciare; ma ella tolse, adagio, ad uno per volta, tutti i ninnoli: un vaso di porcellana sbocconcellato, dentro il quale c'erano stati ritti chi sa quanti fiori; un'imagine di cera, di Santa Caterina, sotto una campana di vetro; un pezzo di specchio verdognolo e guasto.

– Abbia pazienza.

Egli trasse a sé il canterano tarlato; e allora la fotografia, rimasta tra quello e il muro, cadde. La raccolse; e, senza smettere di guardarla, andò verso la finestra, con la stessa paura di quando un fulmine è caduto vicino.

– Vede com'è fatta bella? Ora le piacerebbe da vero!

Pietro comprese, istantaneamente, quel che volesse dir bella. Il cuore gli si mise a battere in fretta, con una felicità dolce. Non rispose, sentendosi le labbra tremolare.

Masa non distolse mai gli occhi da lui, incerta di quel che gli avrebbe fatto e di quel che provava: le sue palpebre sbattevano. Cozzatolo in un braccio, gli chiese:

– Ed ora che cosa se ne fa?

Temeva che la volesse prendere; ma Pietro non avrebbe osato perché Ghìsola, forse, non sarebbe stata contenta. Rispose, con voce alterata:

– Tenetela qui, nella sua cornice. Voglio io: non la fate cadere più.

Masa, soddisfatta, assentì; e tolse con un cencio i ragnateli attaccati al muro. Pietro mise da sé la fotografia a posto, e riaccostò il canterano.

– Conservate anche la lettera.

– Veramente, se si fosse comportata meglio con noi... le vorrei più bene.

A una mossa brusca di Pietro, come prima non gli aveva veduto fare mai, ella riprese:

– Ma glielo voglio lo stesso.

– Che vi ha fatto di male? Lo vorrei sapere che male può avervi fatto! Inventate!

– Non lo posso dire: riguarda me; e basta.

S'era offesa di aver dovuto rimandar via la nipote! Si morsicchiò il labbro di sotto, in fretta e molte volte.

– Stia zitto. Non dica a nessuno, né meno a Rebecca, che gliel'ho fatta vedere. Vada via di casa, e guai se lo fa anche sospettare!

Egli uscì. E, tutto a un tratto, si accorse che era innamorato di Ghìsola; e non ci trovò niente di strano né di spiacevole. Anzi, se ne fosse stato più sicuro, l'avrebbe detto subito a Masa. Facendole capire che, sopra a tutto, si trattava di una riparazione sociale, per il cui cómpito offriva sé stesso volentieri. Perché anche lei non doveva esser ricca?

Tre giorni dopo, tornò a Poggio a' Meli.

Su la capanna soleggiata batteva l'ombra lieve di un pero; ed era immobile. E pure quelle righe d'ombra gli parevano come segni di febbre, e pulsanti come le sue vene; come acqua bollente.

Sul tetto della parata, tutto visibile per la sua inclinatura fin quasi a un metro da terra, era cresciuto, largo due metri, il sopravvivo, l'una pianta quasi ficcata dentro l'altra, con le foglie spinose, con un fiore che il gambo non aveva forza di reggere; vi erano una veste di fiasco e due falci arrugginite. E Carlo vi teneva, perché pigliasse il sole, tra due pietre, una boccetta piena di olio con uno scorpione dentro, servendosene per medicarsi i tagli.

Pietro si accorse che, nella parte più alta del tetto, era rimasto uno straccio ormai scolorito dal sole, attaccato lì dalle pioggie: mezza sottana di Ghìsola.

Andò da Masa, e le disse:

– Fatemi rivedere la fotografia.

La guardò in fretta, al muro, perché la vecchia non s'offendesse e magari non lo scrivesse alla nipote.

Il Monte Amiata, di un aspetto liquido, sembrava per appianarsi.

*

Pietro, gracile e sovente malato, aveva sempre fatto a Domenico un senso d'avversione: ora lo considerava, magro e pallido, inutile agli interessi; come un idiota qualunque!

Toccava il suo collo esile, con un dito sopra le venature troppo visibili e lisce; e Pietro abbassava gli occhi, credendo di dovergliene chiedere perdono come di una colpa. Ma questa docilità, che sfuggiva alla sua violenza, irritava di più Domenico. E gli veniva voglia di canzonarlo.

Quei libri! Li avrebbe schiacciati con il calcagno! Vedendoglieli in mano, talvolta non poteva trattenersi e glieli sbatteva in faccia.

Chi scriveva un libro era un truffatore, a cui non avrebbe dato da mangiare a credito.

E intanto Pietro gli aveva fatto spendere le tasse tre anni di seguito per la scuola tecnica!

Dopo averlo guardato, a lungo, su un orecchio o su la nuca debole e vuota, faceva gesti belluini, mordendosi il labbro di sotto, piantando all'improvviso un coltello su la tavola e smettendo di mangiare.

Pietro stava zitto e dimesso; ma non gli obbediva. Si tratteneva meno che gli fosse possibile in casa; e, quando per la scuola aveva bisogno di soldi, aspettava che ci fosse qualche avventore di quelli più ragguardevoli; dinanzi al quale Domenico non diceva di no. Aveva trovato modo di resistere, subendo tutto senza mai fiatare. E la scuola allora gli parve più che altro un pretesto, per star lontano dalla trattoria.

Trovando negli occhi del padre un'ostilità ironica, non si provava né meno a chiedergli un poco d'affetto.

Ma come avrebbe potuto sottrarsi a lui? Bastava uno sguardo meno impaurito, perché gli mettesse un pugno su la faccia, un pugno capace d'alzare un barile. E siccome alcune volte Pietro sorrideva tremando e diceva: – Ma io sarò forte quanto te! – Domenico gli gridava con una voce che nessun altro aveva:

– Tu?

Pietro, piegando la testa, allontanava pian piano quel pugno, con ribrezzo ed ammirazione.

Da ragazzo quella voce lo spaventava, gli faceva male; e allora si rincantucciava, senza piangere, per essere lasciato solo. Ora ne provava una scontentezza esasperante. E, convinto che non avrebbe dovuto soffrire a quel modo, si esaltò sempre più nelle parole di riscatto e di giustizia; come trovava scritto in certi opuscoli di propaganda prestatigli dal suo barbiere.

Entrò nel partito socialista, e fondò perfino un circolo giovanile. Prima di nascosto, e poi vantandosene con tutti quelli che capitavano nella trattoria. La sua ambizione doventò, allora, quella di scrivere articoli in una *Lotta di classe*; che usciva tutte le settimane. E se la polizia lo avesse fatto arrestare, sarebbe stato contento. Sognava processi, martirii, conferenze ed anche la rivoluzione. Quando un altro lo chiamava «compagno», si sarebbe fatto a pezzi per lui; senza né meno pensarci.

Domenico, invece, era preso sempre di più dal lavoro e dal podere; e non c'era nessuno che l'aiutasse!

Nelle ore di caldo asfissiante, quando la trattoria restava vuota, lo sguattero e il cuoco dormivano con il capo appoggiato sopra il ceppo, coprendosi con i loro grembiuli per via delle mosche che volavano su gli strofinacci untuosi; si fermavano, tutte accosto, intorno ad una goccia di brodo rimasta sopra la tavola; camminavano in su e in giù sopra i pezzi della carne, strisciandovisi sopra. La marmittona di rame seguitava a bollire; un gatto, sotto la tavola, rosicchiava. Una cannella d'ottone, mal chiusa, sgocciolava con un sibilo incessante. Le due zangole battevano, sopra una parete, i riflessi trasparenti della loro acqua; che, di quando in quando, erano attraversati dall'ombra di una mosca.

Se giungeva un cliente, il cameriere pigliava il primo piatto della pila, poi chiamava il cuoco.

– Non dormire più.

Allora il sudore adunato sotto la camicia si raffreddava ad un tratto; e il cuoco si sdrusciava un orecchio indolenzito, perché gli era rimasto ripiegato tra il braccio e la testa.

La trattoria riprendeva il suo movimento.

Pietro passava quest'ore di vacanza, leggendo quasi senza avvedersi del tempo. Domenico, rientrando in punta di piedi, riesciva a sorprenderlo.

– Perché non sei attento a quello che fanno le persone di servizio?

E il rimprovero ricominciava.

Una volta gli gridò, proprio dentro a un orecchio:

– Vieni a pesare la paglia.

– Io?

– Tu.

E lo alzò da sedere, prendendolo per il colletto. Ma poi, avendo fretta, si avviò dove erano i pagliaioli. Pietro non si mosse, restando con la testa contro uno spigolo del muro; e provando una grande repugnanza del pianto che lo invadeva.

– Ecco un altro barroccio di paglia, padrone!

Disse l'uno dei due uomini che avevano scaricato quella portata prima.

– È un pagliaio!

Urlò quegli che con la fune aiutava a trarre innanzi il barroccio.

– Dieci quintali!

Aggiunse Palloccola che reggeva le stanghe.

Il trattore sorrise delle loro esagerazioni. Andò al nuovo fastello di paglia, lo toccò e lo annusò. Poi, senza rispondere, guardò in faccia i due uomini.

Nella piccola piazzola, dove rispondeva la porta della cucina, erano altri due uomini sudati per la fatica; perché avevano scaricato i loro fastelli di paglia, alzandoli fino all'imboccatura della capanna. Ora, essi si riposavano; stando a coccoloni con le spalle appoggiate al muro. Il sudore della fronte sgocciolava su la punta delle scarpe polverose; il cui cuoio era gonfio di piegature.

– Quanto volete?

Disse il trattore, mettendosi i pollici nelle tasche del panciotto. Aveva il dorso d'una mano sgraffiato; e perciò, spesso, vi si succhiava il sangue.

– Quanto ci dà? Vogliamo mangiare anche noi.

Rispose Ceccaccio. E Palloccola:

– Questi contadinacci non ci regalano più niente. Facciamo per strapazzarci.

Essi erano andati da un podere all'altro, capitando nelle ore della trebbiatura; in modo che ogni contadino, per levarseli di torno, aveva regalato una forcatella di paglia. I contadini non rifiutavano mai, temendo ch'essi per vendetta ne rubassero molta di più.

Infatti, vivevano più di furti che di lavoro; e non avevano mai un mestiere fisso.

Domenico faceva, sotto prezzo, grandi provviste di paglia, che poi bastava fino all'anno dopo per la stalla addetta alla trattoria.

– Volete fare a peso o a occhio?

Domenico chiese, togliendosi le mani dal panciotto.

– Come vuole. Siamo contenti in tutte le maniere.

Pipi e Nosse, già contrattato, interruppero:

– Intanto mandi via noi. Ci paghi.

Erano due giovini. Pipi con una testa enorme, gonfia, con la fronte ampia. E gli occhi ceruli erano dolci, di una dolcezza infantile. Nosse aveva i baffi neri, e i piccoli occhi vivacissimi sembrava potessero mordere.

– Prima aiuterete ad alzare anche questa paglia.

– Se ci dà bevere!

Disse, ridendo, Pipi; che, poi, sputò nel muro.

– Ho la gola piena di polvere!

Disse Nosse. E si alzò, appoggiandosi un'altra volta al muro.

Domenico sorrise, promettendo.

Passava già la cinquantina. Le mani gli erano doventate pallide: si vedevano le loro vene di un rosso violaceo; con le unghie lunghe e strette, accartocciate.

Si faceva ancora più di rado la barba, di un biondo quasi bianco. Gli occhi gli lustravano come i gusci delle ostriche; ma le estremità delle palpebre erano gonfie, con due fili purpurei. I capelli gli erano divenuti radi, per quanto se li bagnasse con un'acqua di sua invenzione, fatta con le coccole di ginepro; i baffi, attaccati alle guance, si arruffavano intorno alla bocca; che aveva un senso di bontà.

S'era fatto alquanto curvo, con le spalle ingrossate; ma se ne teneva d'esser forte come prima e di pesare più di un quintale. Gli pareva che i suoi polsi e il suo collo fossero quasi indomabili; qualche cosa che egli doveva conservare, per servirsene al bisogno.

Domandò Ceccaccio:

– Dunque a peso?

Disse il trattore:

– Non sarà cento chili.

Urlò Ceccaccio:

– Che cosa dice? Un quintale e mezzo.

Aggiunse Palloccola:

– Siamo onesti noi!

E bestemmiò. Ma corsero a sciogliere le funi, per scendere la paglia dal barroccio. Domenico s'avanzò, la prese per la legatura e la sollevò; aiutandosi con i ginocchi.

– Vi dò quattro lire. È anche troppo.

– L'abbiamo rubata, è vero, Ceccaccio?

Tutti risero. Poi bestemmiarono e gridarono, confusamente.

– Dunque, paghi noi; ce ne andremo.

– O non volevate bere?

Domandò lo stalliere annoiato, dall'apertura della capanna.

– No, no. Siamo stanchi. Non possiamo aiutare a tirarla su.

– Guarda che muscoli!

Disse Pipi, prendendo un braccio di Domenico; la cui camicia era rimboccata fino ai gomiti.

Esclamò Nosse:

– Con quelle braccia!

Disse Ceccaccio:

– Fate lesti, figlioli.

Dalla porta mezza aperta si vedeva la strada. E passò una giovine. Ceccaccio la chiamò, con un fischio.

Disse Pipi:

– Bada se viene qua.

– Che cosa si fa qui? – domandò il trattore. – Si chiacchiera soltanto?

– O che cosa vuol fare?

E il compagno di Ceccaccio si sedé su la paglia, mettendosi le mani sopra i ginocchi.

– Non avevate furia, dianzi?

– È vero. Ci paghi.

– Eccovi sei lire. Levatevi di qui!

Pipi e Nosse escirono, con il loro barroccio.

– Tocca a noi ora.

– Dunque quanto ci vuole dare?

– Pesiamola.

I due presero una stanga, e vi misero l'uncino della stadera; a cui attaccarono il laccio della fune.

– Pesi bene, padrone!

– E tu non appoggiarti con le ginocchia.

– Io? Guardi: c'è un braccio di distanza.

Ed avendo su la spalla la stanga, Palloccola alzò sopra il capo le mani; mentre il corpo gli tremava per lo sforzo.

La paglia era un quintale. Fecero il conto; e la legarono, per trarla su con la carrucola.

– Lavora anche lei, padrone?

– Più di te, perché le mie braccia sono più forti.

E tutti si afferrarono alla fune, che pendeva dalla carrucola alta. Domenico l'avvolse ad uno dei polsi. Come il fastello cominciò a salire, il legno della carrucola scricchiolò; mentre la polvere con le festuche ricadevano su gli uomini. Lo stalliere stava con la mano tesa, sporgendosi dall'apertura. Gli alzatori si piegavano con un solo respiro; e il fastello penzolava su le loro teste; poi, afferrato dallo stalliere, imboccò nella finestra e disparve nell'ombra.

– È fatta!

Disse Ceccaccio, spolverandosi intorno al collo, dove le festuche restavano attaccate. Ma le braccia gli dolevano, come se fossero state strappate.

Il trattore, venutogli sospetto, andò verso un mucchio di mattoni rotti e di ferracci. Disse:

– Qui manca una serratura vecchia. Chi l'ha presa?

I due pagliaioli si guardarono, e continuarono ad avvolgere le loro funi.

– Giovinotti, chi ha preso una serratura?

Ridomandò Domenico, doventando bianco.

– Io no di certo.

Rispose Ceccaccio con calma.

– Non dico a te. Dico che è stata portata via.

– Che ne facciamo noi?

Chiese Palloccola con odio e risentimento.

– L'avrà presa Pipi! Lui ci mercanta!

Disse, ridendo, Ceccaccio.

– Io non lo so. Ma, se lo sapessi, me la farei rendere. Non sono cose da lodare.

I due uomini divennero inquieti, perché a vicenda l'uno temeva che l'altro fosse stato il ladro. Ma Palloccola gridò:

– Ci fruchi!

– Io non fruco nessuno! Eccovi il denaro. Ma non ricomprerò mai più la paglia da voi!

– Noi non ne sappiamo niente!

Domenico si convinse ch'era impossibile trovare il colpevole; e li credette tutti e quattro d'accordo. E, fatto un gesto per invitarli ad andarsene, rientrò nella trattoria. Disse a Pietro, riprendendolo per il colletto:

– Se tu stessi attento, com'io ti comando, non ti porterebbero via la roba.

Pietro alzò le spalle, pensando: hanno rubato perché sono poveri. E si allontanò con quello stato d'ansia, che lo invadeva tutte le volte che suo padre era per percuoterlo. Infatti, Domenico fece per slanciarsi; ma Rosaura lo trattenne.

La serratura era stata presa il giorno innanzi da un accattone forestiero.

La sera questi uomini, storditi dalla fatica, sfamatisi a qualche convento, si addormentavano briachi in una bettola, e Pipi con la moglie.

*

Quando il Rosi era doventato padrone del *Pesce Azzurro*, c'era un ingresso solo, quello da Via dei Rossi, con un'insegna di ferro, a banderuola, ferma al muro e con un pesce dipinto tanto dall'una parte che dall'altra. Sulla porta, una Madonna in bassorilievo; del quattrocento. Ci stava ancora il lume attaccato, ma la fune per tirarlo giù mancava.

Poi furono aperti anche due ingressi dalla Via Cavour. Ed ad uno di questi, dietro il cristallo della porta, una vetrina a due piani, foderata con la carta che cambiavano una volta tutte le settimane; piena di polli già pelati, di carni arrostite, e d'altre delizie.

Dopo l'ingresso da Via dei Rossi una gran porta, per entrare in una piazzola interna sempre ingombra di calessi e d'ogni specie di legni. Accanto a questa, la stalla; che poteva contenere fino a trenta bestie. Sopra la stalla, la capanna.

Tutti i sabati, Domenico faceva l'elemosina dei pezzi di pane avanzati agli avventori.

La stretta Via dei Rossi, al principio, dov'era l'uscio vecchio della trattoria, si empiva un'ora prima del tempo, di mendicanti; fra i quali era anche la moglie di Pipi, giovine, ma così smunta e gialla che la sua bocca era come un taglio senza labbra: andava come se non avesse potuto piegare la testa da nessuna parte. Molte volte, dalla veste male abbottonata e sudicia, si vedeva il petto vuoto e senza i seni.

C'era anche una vecchia, dal naso enorme e pavonazzo, con un cappello da contadina, del quale le trecce di paglia si disfacevano intorno; e ne rimaneva sempre un giro di meno. Questa pretendeva d'avere la prima elemosina, e non se ne andava finché tutti i pezzi di pane non fossero stati distribuiti. Talvolta gridava:

– Quella vecchiaccia ne ha avuto più di me.

Ed apriva ancora i lembi del fazzoletto pieno di pane duro, sorreggendo sotto l'ascella il bastoncino.

C'era una mendicante, a cui Domenico faceva l'elemosina tre giorni della settimana; una donna grande, dal volto acceso ed uguale come una maschera sottile, che non si poteva togliere, una maschera di pelle rossa. Portava, d'estate e d'inverno, uno scialletto di lana nera annodato dietro il dorso. Teneva sempre incrociate le mani pallide sul petto. La sua figliola, alta e leggiadra, non la lasciava mai, tenendo una mano infilata sotto uno dei suoi bracci; era scema e sorrideva sempre; ma di un sorriso dolce ed appassionato.

Camminavano ambedue rasentando i muri; a passi lunghi, come se avessero voluto fuggire. Nell'attraversare la strada da una parte all'altra, si affrettavano anche di più.

Quando mangiavano la zuppa a qualche convento, la figliola voltava il dorso a tutti; e ritraendo il cucchiaio dalla bocca, faceva grandi risate silenziose.

Quando la madre morì, fu rinchiusa in un manicomio.

C'era un cieco, che imprecava contro il figlio; che aveva una mano secca con un dito di meno:

– Sei un mascalzone, e non mi aiuti. Se tu stai costì appoggiato al muro, non troverai più pane per noi. Mascalzone! Mascalzone!

E tendeva un orecchio, accartocciandovi dietro una mano; per capire quanta elemosina ci fosse ancora; mentre la voce era la stessa di quando recitava le devozioni.

Tutti gli altri poveri erano andati incontro a Rosaura come un branco di polli verso il punto dov'è rimbalzato un chicco di granturco.

Il giovinetto del cieco ascoltava, scalcinando con le dita le commessure dei mattoni: preferiva essere l'ultimo perché, senza leticare, era sicuro che Rosaura avrebbe serbato qualche cosa per lui.

Tutte le mendicanti guardavano il pane avuto; e qualcuna ne riposava un pezzo troppo secco dentro una fenditura del muro, che era accanto all'uscio. Allora Rosaura, sporgendosi tutta fuori, esclamava:

– Guardatela: viene a chiedere l'elemosina, e poi la scrafia!

Una donna rispondeva, tenendosi ambedue le mani strette sopra i fianchi:

– Se l'avessi avuto io, l'avrei mangiato!

Qualcuna rideva, addentando il pane; dopo averlo un poco rigirato tra le mani sudicie. Ad un tratto, dal mormorio basso e incomprensibile, cominciava un alterco:

– Viene a chiedere il pane, ed è ricca quanto vuole.

– Che importa a te? Sono ricca?... Non le dia retta.

Rosaura interrompeva:

– State zitta, altrimenti non ve ne daremo più.

Un'altra donna, con il volto guasto da un ezzema, bendato con una pezzuola azzurra annodata dietro la testa, rispondeva:

– Ha ragione. Ma io non mi sono mai lamentata.

Si vedevano soltanti i suoi occhi infiammati, come piaghe, che non potevano stare aperti; ed era costretta, per guardare, a sollevare il capo di traverso; mentre, parlando, la benda seguiva i movimenti della bocca. E che bocca aveva!

Un vecchio, che sopravveniva quasi sempre a elemosina finita, cercava d'impietosire con quel tono che i mendicanti adoprano:

– Per amor di Dio... anche a me.

– Non c'è più niente. Perché non venite prima?

– Le gambe non mi reggono più!

E batteva il suo bastone su lo scalino dell'uscio. Rosaura se ne andava senza dargli niente; dopo avergli risposto:

– Ma per arrivare ora vi reggono!

Allora egli aspettava ancora per lungo tempo; con un'ostinazione rabbiosa:

– Signora mia, non mi faccia soffrire più!

Aveva lavorato tutta la vita; e pensava, come a una magnificenza, che se si ammalasse avrebbe potuto entrare in un ospedale, dove sarebbe stato tutto il giorno steso sopra il letto. E a mangiare bene!

La moglie almeno gli era morta giovine, e non soffriva più!

Ma egli finì con il credere un obbligo l'elemosina, come trovare uno scalone e mettercisi a sedere senza che lo mandassero via.

*

Domenico non riprese mai moglie, quantunque vi riflettesse sovente, grattandosi forte con le unghie il mento poco rasato, stringendo la pelle della gola e poi battendo le nocche su qualche cosa, ma senza farsi male. Lo annunciava con veemenza, di proposito, dopo ogni sua arrabbiatura. E credendo che Pietro si sarebbe dato agli interessi, per non trovarsi in casa una matrigna, gli diceva:

– Ora toccherebbe a te! Ma tu, imbecille, fai il socialista! Non ti vergogni?

Comprava un cappello all'anno, portandolo tutti i giorni; finché la tesa, che si adagiava su gli orecchi, rovesciandoli più giù, non fosse untuosa. Gli piaceva di tenere la camicia almeno per due settimane; e bestemmiava quando doveva decidersi a rifarsele nuove. L'istinto di conservarsi nella condizione guadagnata lo costringeva anche ad inutili economie; che, del resto, faceva notare agli altri; anzi, volendo che fossero apprezzate, diceva, ed era vero:

– Io sono un galantuomo: ho fatto i denari con il mio sudore; e me li voglio mantenere.

In una ciotola di legno, teneva, insieme con le monete di rame, per superstizione, una medaglietta trovata mentre gli assalariati vangavano. Per guardarla meglio, il che gli succedeva tutte le volte che gli veniva in mano, mettevasi gli occhiali.

La medaglietta gli piaceva, perché con le unghie riusciva a grattare il metallo; che, allora, pareva nuovo. Quando gli avevano portato gli occhiali, dopo averglieli cercati da per tutto, sedeva, li puliva con il suo fazzoletto rosso, puzzolente di lezzo:

– Non la vedo bene!

E usciva fuori, per farla esaminare prima al droghiere, poi al mercante e al barbiere; che erano i suoi amici più vicini.

Ma né meno loro, naturalmente, sapevano che medaglietta fosse.

Talvolta si appoggiava, senza cappello, all'uscio della bottega; salutando anche chi conosceva a pena.

D'estate, vi si faceva portare una sedia; sonnecchiando, finché qualcuno, che passava, non lo destasse con un colpo sopra la coscia. Allora si risentiva, dicendo:

– Mi ero addormentato un poco.

E, per levarsi il sonno, andava a dare qualche ordine.

Durante la giornata, inghiottiva tutte le frutta trapassate; e diceva al cuoco, i cui capelli neri toccavano quasi le ciglia:

– Portami un tegame!

Assaggiava e rimandava via il cuoco, spingendolo sul braccio:

– Ci hai messo poco pepe. Quando imparerai a fare da te?

Il rimproverato restava male ed alzava a poco a poco una spalla.

– Portami quell'altro tegame, ora.

Quegli obbediva, restando poi dritto a guardarlo; con una mano sopra la tavola.

Domenico non aspettava di aver ingoiato il boccone, per gridargli:

– Hai fatto bruciare l'aglio.

Si puliva i baffi, sdrusciandoseli con il tovagliolo; e concludeva:

– Bisognerà che in cucina non ti lasci più solo o ti mandi via. Degli uomini non ne nascono più.

Ogni mattina mangiava di quel che c'era rimasto il giorno innanzi in fondo ai recipienti della dispensa.

Ma del vino ne beveva quasi un fiasco; e ruttava sopra il fazzoletto, volgendosi verso il muro. I sapori lo esaltavano, lo facevano loquace; e fuori della cucina gli pareva di perder tempo, a meno che non fosse a Poggio a' Meli.

*

Pietro era riuscito a iscriversi all'istituto tecnico di Firenze, dopo aver fatto privatamente, quasi da sé, il primo corso a Siena. Ma fu la completa sparizione d'ogni legame tra padre e figliolo. Sempre di più si trattarono come due estranei costretti a vivere insieme; e Domenico aveva smesso addirittura di voler su di lui qualunque autorità; credendo che, comportandosi a quel modo, gli facesse rimorso. Ma, ormai, non l'avrebbe perdonato mai più. Durante magari un mese, Domenico era stato capace di prendere tutto in scherzo; e ambedue si dicevano facezie, che qualche volta doventavano litigi.

Pietro era sempre socialista, ma andava meno con gli operai. Si vergognava d'aver già vent'anni, e d'essere così a dietro degli studii: questa cosa l'avviliva.

Presa a Firenze una camera in Via Cimabue, mangiava a una trattoria, lì vicina.

Stava lunghe ore con la testa tra le mani, imaginandosi di studiare; con un'ansia attraversata e tagliata in tutti i sensi da malumore e da malinconia, come da linee tirate con una squadra.

Si sforzava d'essere soddisfatto e di affezionarsi alla scuola; ma gli pareva che i giorni fossero così staccati e separati l'uno dall'altro che sentiva prendersi dallo scoraggiamento. Il giorno dopo non era capace più a ricordarsi e a raccapezzarsi del giorno avanti; e provava difficoltà a pensare ai giorni successivi.

E non riuscendo quanto avrebbe voluto, né meno ora che ci metteva tutto il suo impegno, studiava sempre meno!

Sotto la sua finestra di camera c'era la cinta di un convento di suore; nel cui giardino, quasi subito dopo mezzogiorno, andavano a cantare e a ruzzare un centinaio di bambine. Quanta tristezza quel baccano! E poi egli odiava le suore!

Quando le bambine arrivavano all'angolo più vicino, sorrideva amaramente, sperando che lo avrebbero scorto. Ma non se ne accorgevano né meno; e, allora, s'infastidiva anche di loro.

Della città, invece, non sentiva né meno il rumore; perché la cinta, perpendicolare al muro della casa, era lunga e andava a finire a un fabbricato così grande che gli tappava quasi tutta la Piazza Beccaria; e, di qua e di là, altre case, quantunque più basse, quasi in semicerchio, chiudevano ogni cosa.

Si trovava sempre a disagio: ed era come una cosa che non riesciva a spiegarsi. Non si affidava agli amici, e ne sentiva la mancanza. Si annoiava di tutto; e la cupola di Santa Maria del Fiore, velata quasi sempre di nebbia in fondo a Via dei Servi, che egli vedeva prima di rientrare a scuola, quando andava a prendere cinque minuti di sole in Piazza dell'Annunziata, gli dava uno scoraggiamento languido, che ingrandiva se qualche campana suonava.

E tra tutti i rumori, verso il tramonto, flebili e lontani, gli veniva voglia di fuggire; come se l'aria ascoltasse; quell'aria trasparente, della quale aveva quasi timidezza e paura.

Quando andava a cenare, cominciava a farsi buio; e, sotto gli alberi della Piazza Beccaria, le baracche di un circo equestre abbagliavano con i loro lumi ad acetilene, mentre un carosello non smetteva più di girare con la musica del suo organo.

Egli vedeva la Via Ghibellina e la Via dell'Agnolo così strette che le loro case si chiudono insieme; mentre le altre, dalla parte della Barriera Aretina, terminano dritte dinanzi agli alberi e alla campagna.

Entrando in casa, trovava la padrona a cucire insieme con altre donne; alle quali non parlava mai.

Ma, intanto, cominciarono ad affittirsi i giorni, in cui sentiva stanchezza della scuola; una stanchezza che gli faceva lo stesso effetto di una colpa inspiegabile.

Pensava anche che non tutti avevano i mezzi per studiare!

Tra i compagni, si sentiva un giovine che aveva già troppo vissuto più di loro. Ecco perché, con simpatia e volentieri, li chiamava ragazzi. Il loro modo di comportarsi verso gli insegnanti gli dava un senso di compatimento. Ma non riesciva a ridere di quel che li divertiva; e, molte volte, se ne mostrava seccato e li rimproverava.

Stava bene sul letto, con gli occhi chiusi.

Si avvide di aver tentato invano di affezionarsi ai compagni: le indifferenze con alcuni si mutarono in ostilità e inimicizie; per gli altri provava avversione, specie per quelli più ricchi, che lo stimavamo da poco perché era socialista. I più lo credevano pazzo; ma gli volevano quasi tutti bene.

Finalmente, convinto che doveva cedere alla sua stanchezza, non andò più a scuola; e ai compagni, che ne ridevano, disse che suo padre non aveva più denaro per tenerlo a Firenze.

Gli ultimi giorni si era sentito, con angoscia, ma anche con piacere, sempre più differente a tutti; e non seppe spiegarsi come gli altri studiassero senza essere costretti a fare come lui. Ed ebbe più fretta d'allontanarsene.

Dopo quattro mesi soli di scuola, invece di pagare alla padrona di casa la nuova mesata anticipata con il denaro ricevuto dal padre, tornò a Siena senza né meno avvertirlo.

Fu ricevuto come se avesse messo giudizio, sebbene un poco tardi. Ed egli non osava dire che voleva studiare da sé per fare gli esami lo stesso. Ma saputo, per caso, da una lettera ricevuta da Rebecca, che Ghìsola era a Firenze da molto tempo e non più a Radda, prese senz'altro la decisione.

Domenico, che invece aveva subito sperato troppo, avendo apprezzato il suo ritorno spontaneo a Siena, spiegandolo come un ravvedimento mandato da Dio, cercava d'avere piuttosto buone maniere; e gli chiedeva:

– Perché preferisci stare lontano da me, che sono tuo padre? Dio ti deve toccare il cuore. Non te ne accorgi?

Ma, visto che né meno ora poteva farsi obbedire, lo lasciò di più; sicuro che il tempo l'avrebbe aiutato.

E Pietro, per scrupolo di coscienza e per sentirsi in diritto di fare il contrario di quello che il padre voleva, si dette a studiare con una soddisfazione prima a lui ignota.

Al seminario si erano sovrapposti i tre anni della scuola tecnica, cambiando tutto: si sentiva proprio un altro, e sul punto di cambiare ancora.

Il suo socialismo doventava, come diceva lui, e com'era di moda, intellettuale. Egli non aveva più la fede con la quale una volta voleva convertire gli altri; ma adoprava la moralità socialista per i suoi sentimenti.

Ora quei tre anni gli parevano rapidi come un giorno solo, perdevano ogni consistenza, anche mentale; come se appena gli avessero dato tempo di respirare.

Gli esami, anche contro la volontà che voleva avere, doventavano sempre più un pretesto; e non gli pareva né lecito né leale. Ma la sua impazienza di rivedere Ghìsola aumentava; perché metteva in Ghìsola tutta la fiducia della sua vita.

Stava a giornate intere, solo, in casa; guardando, con la faccia su i vetri, il sottile rettangolo di azzurro tra i tetti. Quell'azzurro sciocco, così lontano, gli metteva quasi collera; ma non ne distaccava gli occhi. Le rondini, che di lì parevano nere, passavano come attraventate. Soltanto là su, all'ultime finestre, qualcuno affacciato che non conosceva né meno! E allora sentiva il vuoto di quella solitudine rinchiusa in uno dei più antichi palazzi di Siena, tutto disabitato, con la torre mozza sopra il tetro Arco dei Rossi; in mezzo alle case oscure e deserte, l'una stretta all'altra; con stemmi scolpiti che nessuno conosce più, di famiglie scomparse; case a muri con due metri di spessore, a voltoni, le stanze quasi senz'aria. I ragnateli larghi come stracci e la polvere su le finestre sempre chiuse e i davanzali sporgenti dalle facciate.

Talvolta, all'improvviso, pensava a Firenze e a Ghìsola che forse, aspettandolo, gli avrebbe fatto un rimprovero che lo esaltava; all'Arno scrosciante; a tutte le colline sempre belle; a quelle nebbie che lasciano i muri bagnati, annerendo le pietre delle strade che sembrano rappezzature.

Il padre, parlando, gli produceva una malinconia invidiosa: e si allontanava per non udirlo, per non vederlo; con un brivido. Perché nessuna parola era proprio per lui? Perché lo trattavano come se lo tollerassero, anche ora? Perché tentare invano di essere come gli altri? Come erano fatti gli altri?

Ripensava ai compagni di Firenze, ad uno per volta. E perché loro, forse, non lo ricordavano né meno?

Da quanto tempo era morta la mamma? Gli parevano cento anni. E tutte le cose s'erano svolte senza bisogno di lui; a sua insaputa.

I suoi occhi, che avevano una mansuetudine mistica, contrastavano con le linee magre e sfuggenti del volto; sì che subito se ne notava la differenza.

Aveva quelle indefinitezze profonde e persistenti, senza nome e senza mèta; che lasciano una traccia anche quando sono passate, come si vede se è passata l'acqua su la rena.

Credutosi inferiore ai suoi amici di Siena, ora conosceva lo sbaglio acre; che poteva aver conseguenze anche nell'avvenire simile ad un'espiazione arida.

Ma perché aveva sperato di poter doventare un pittore? Che significava quel tentativo inutile, dinanzi al suo amor proprio? Poteva non tenerne conto, per credere ancora a se stesso?

Si confortava, sognando un'esistenza nuova e insolita. Ma quando? Talvolta, essa si riperdeva; ed egli non riesciva né meno a capire come l'avesse sognata.

Per quanto di una sincerità fanatica, nessuno avrebbe potuto rendersene conto. Sentiva di non essere più come una volta per quelli ch'erano stati suoi amici prima che fosse andato a Firenze. Avrebbe voluto farsi perdonare di non avere più amicizia per loro; ma si vergognava e si pentiva di essere stato troppo sincero ed espansivo tanto facilmente. Rivedeva quelle sue sottomissioni morali, di cui gli altri s'erano approfittati. A Siena aveva voluto essere amico anche dei più cretini e dei più farabutti, credendoli degni di se stesso; come un dovere, fino a stimarsi cattivo ad andare a spasso solo, senza qualcuno di loro. Ma, tornato da Firenze, era riuscito a non parlare più a nessuno, con una smania amara di non vederli più!

Egli era il giovine che, sebbene debole, porta impeti di energie; anche se sbaglia.

Molte volte, in sogno, provava come avrebbero dovuto svolgersi i suoi sentimenti; svegliandosi quasi soddisfatto, come se un'esistenza superiore e indefinibile gli avesse dato ragione.

E con quale gioia stravolta aspettava il giorno dell'incontro con quella, che già metteva sottosopra tutto il suo essere!

Non sapeva le parole che le avrebbe detto, quantunque se le imaginasse luminose di bontà; accorgendosi talvolta di aver pensato parole senza significato, che gli portavano via la bocca e l'anima! Parole avventate che non si ritolgono più, come coltelli infilati troppo forte, con rabbia. Parole che vuotano l'essere con piacere frenetico: alle quali succedono paure folli, giorni temporaleschi, piogge calde e asciutte più della stessa aridità che dovrebbero bagnare.

Talvolta, aveva voglia di farsi uccidere; forse da Ghìsola, che già sentiva sua; tornata come una tentazione deliziosa dal tempo scorso.

*

Toppa era morto di vecchiaia. Lo trovarono una mattina di febbraio, sotto il carro; nell'aia. Il gelo lo aveva attaccato mezzo ai mattoni; e la pancia, quando Carlo gli ci picchiò la pala che doveva adoprare per sotterrarlo a un olivo, suonò come un tamburo; e fece, perciò, ridere.

Era stato, dopo la castratura, piuttosto cattivo: quando non voleva esser toccato, prima si allontanava; e poi, se non smettevano, si avventava digrignando i denti. Era bastardo e alto un mezzo metro. Aveva quel pelo bianco che vicino alla pelle è giallo, con una macchia nera sopra un orecchio; e perciò gli trovarono quel nome.

Da piccolo, a pena slattato, Domenico lo legò al ferro del pozzo; e, quando guaiva, gli assalariati avevano l'ordine di pigliarlo a calci.

Poi gli comprò un collare con i chiodi d'ottone; un collare che non gli levavano mai altro che mentre lo tosavano.

Egli udiva la sonagliera del cavallo di Domenico quando ancora era al borgo fuor di Porta Camollia. Allora, esciva nella strada; e cominciava ad abbaiare. Quando il cavallo appariva ad una svolta poco distante dal cancello del podere, si metteva a correre da un punto all'altro della strada. Le persone si tiravano da parte; ma Toppa aveva buttato giù parecchi ragazzi, che non erano stati in tempo.

Quando aveva mangiato, andava invece a correre per i campi, e ci lasciava i segni da per tutto; specie dov'era il grano alto ci restava un solco che si vedeva anche di lontano. Quando seminavano, dovevano prenderlo a sassate perché dove passava saltando bisognava rifare il lavoro. Gli piaceva l'uva matura e i fichi anche di più.

Obbediva soltanto a Domenico e a Giacco; degli altri aveva soltanto timore, quando non gli veniva voglia di mordere; come fece una volta a Ghìsola che gli era salita a cavallo.

Non c'era nessun altro cane che la potesse con lui; e ne fece morire più d'uno per averli azzannati su la spina dorsale. Due li sbranò perché erano andati a mangiargli la zuppa nel catino.

Tollerava invece i gatti, purché non gli andassero vicino. Ma quando stava al sole, non ce li voleva in nessun modo: teneva, allora, un occhio chiuso e un altro aperto: ne apriva uno e ne chiudeva un altro. All'improvviso, faceva un balzo con un abbaio che stordiva.

Non ebbe voglia di ruzzare né meno da cucciolo. E si comportava a seconda di chi lo avvicinasse: non sbagliava. Non avrebbe obbedito a Pietro, né mai gli fece una carezza.

Quando lo sotterrarono, dopo aver avvertito il Rosi, che ricordò di averlo pagato due lire soltanto, dando l'ordine di serbare il collare, Giacco pianse. Anch'egli si sentiva vecchio; e, guardando il cadavere della bestia, disse agli altri:

– Noi faremo la stessa fine.

Enrico rispose:

– Di più ormai non poteva campare. Che ci fanno i vecchi al mondo?

E dette un'occhiata a Carlo, che rideva.

Ma Giacco buttò via la zappa, e gridò:

– Io camperò più di te: mettitelo bene in mente. Vedi questa povera bestia? Aveva il cuore più buono del tuo!

– Io non ho voluto alludere a te.

– E a chi, dunque? Il cervello l'ho debole ora, ma la ragione l'ho sempre...

Carlo, allora, cominciò a bestemmiare e a pigliarsela con il cane:

– Non poteva campare? La fatica per la buca non ci sarebbe stata; e né meno questa questione. Bada se per una carogna ci si deve offendere!

Egli fingeva d'essere arrabbiato; ma invece, aveva piacere che, senza compromettersi lui, Giacco facesse il viso bianco a quel modo. E Giacco guardava il cane, stando attento che gli altri non lo pestassero per sbadataggine e per dispetto.

Masa, venuta a vederlo mettere sottoterra, si fermò un poco distante dalla buca; senza smettere di mangiare, sebbene si sentisse agitata. Quand'ebbero finito, si picchiò il ventre con un pugno, e disse:

– Se mangio dell'altro, le budella mi fanno gomìcciolo in corpo.

Giacco alzò la testa e la guardò:

– Vorrei ridere, allora! Piuttosto va' alle tue faccende. Creperesti prima di smettere! Lo capisci che mi fai rabbia?

Masa mise il pane in tasca, e rispose:

– Sei un gran brontolone! Il Signore lo sa!

Sospirò; e, seguitando a camminare innanzi agli altri, aggiunse tra sé:

– Pazienza, pazienza!

Ella non sapeva quel che avevano detto al marito.

*

Ghìsola era stata mandata via da Poggio a' Meli, con astuta precauzione, da Domenico; che, vedendo il contegno poco sicuro di lei, non volle trovarsi in impicci.

Ella era andata a Poggio a' Meli a dodici anni ed era tornata a Radda a diciassette.

Conosceva quasi soltanto di nome gli altri parenti e non aveva più veduto le due sorelle, che non le erano affezionate, perché non vivevano insieme; ma andarono a prenderla alla diligenza, mettendosi le scarpe nuove e gli scialletti delle feste.

Ella portò loro due anelli d'oro falso, per regalo. La baciarono e poi si trovarono tutte e due impacciate. Non sapevano se la tenevano nel mezzo; e, camminando, cambiavano sempre di posto. La minore, anzi, si mise dietro; e, quando Ghìsola la chiamò con sé, invece andò lungo la proda sul margine erboso della strada; riabbassando la testa tutte le volte che Ghìsola si voltava a lei, perché non voleva far vedere che la guardava. Anche la sorella più grande parlò poco, anzi non disse niente.

Quando giunsero a casa, dove l'aspettavano i genitori, Ghìsola si mise a piangere. Ma, poi, fecero un bel pranzo, mangiando un coniglio fritto e due galline in padella; due galline che avrebbero dovuto campare, perché avevano le ovaie grasse e piene. Il pane era stato sfornato la mattina stessa.

Borio di Sandro, un vedovo amico della famiglia che aiutava anche con il denaro, aveva portato un fiasco del suo buon vino. E, il primo giorno, quella mezza sbornia mise tutti d'accordo.

Ma Ghìsola non se la sentiva di faticare come le sorelle, che la chiamavano tra sé la «signorina delicata». Non voleva saperne di starci insieme; e, quando le era possibile, andava nel campo sola. Non le volevano male, ma lei trovava sempre modo di smetter subito qualunque discorso che volessero incominciare. Anche alla messa andava sola; e ripensava a Poggio a' Meli. Già tornare a Radda era stato un dispiacere; e Borio soltanto lo capiva. Ella gli diceva sempre che non ci sarebbe rimasta a costo di farsi ammazzare!

Un anno dopo, la sera di una solenne festa religiosa, egli l'aveva accompagnata alla processione su dentro il paese.

Era stata una processione con i contadini dei dintorni dietro ad una piccola croce, a coppie, con i loro cappelli in mano. Le ragazze, tutte insieme dopo, cantavano leggendo in un libro tenuto aperto con ambedue le mani, sempre a testa bassa, come quando si va incontro a un vento impetuoso. Poi un'altra croce, grande e nera, polverosa, con una corona di spine e con i flagelli di corda pendenti. Poi il prete.

Il vedovo ricondusse a casa Ghìsola che non aveva mai voluto dare retta a nessun giovinotto, perché si teneva molto da più di tutti.

Scesero per una strada ripida, sempre più buia, che porta

fuori del paese; accanto alle file dei cipressi folti, entrando poi nei campi. Percorsero un sentiero scosceso, a metà di un grande poggio nano e coperto di querci alte.

Ghìsola, a cui Borio piaceva molto, camminava un passo innanzi, un poco triste come succede sovente dopo l'allegria insolita e quasi involontaria di una festa.

«Perché ella non mi guarda più?».

Gettò via il sigaro che ora gli faceva male e gli aumentava la confusione. Erano soli! Tutta l'altra gente non si sa dove fosse scomparsa! È vero che qualche volta egli udiva, prima di lei, rumore di passi; ma poi il calpisticcio si allontanava.

Pareva che Ghìsola volesse farsi sempre più piccola, camminando quasi senza vedere; e se non ci fosse stato Borio, a cui stava vicino ascoltandolo respirare, sarebbe andata a battere in qualche proda.

Di quando in quando, inciampava; le sue gambe parevano intirizzite e così lunghe che ad ogni passo la facevano rintronare tutta. E allora pensò di fermarsi. Credeva d'aver bevuto troppo; e si sentiva portar via la testa; senza avvedersene, sospirava sollevando lungamente lo stomaco.

L'oscurità, con la luna palpitante sotto un velo di nuvole, empiva ogni parte di ombre fievoli e trasparenti. Allora egli la prese per mano, ed ella lasciò fare: gli pareva che Ghìsola fosse doventata un essere debole, quasi buffa. Ma capì. La baciò; ed ella si discostò, trasalendo. La baciò ancora, guardando dopo fissamente la sua nuca e il suo dorso solcato tra le spalle. Ma, forse, non sarebbe riuscito a baciarla un'altra volta! E siccome non si voltava a dietro, le cinse la vita con il braccio.

Stava zitta! Ella aveva paura di parlare, quanto dell'ombre di quei cipressi: le quali, all'improvviso, subito fuori del paese, attraversavano la strada, risalendo come se fossero vive, con la cima su per il muro dalla parte opposta.

Ad un tratto si sedette a metà del viottolo sopra una pietra, nascondendo la faccia con lo scialletto caduto giù dai capelli; e, sopra, le mani: mani che parevano di ferro, come le punte del forcone.

Egli, volendole parlare, pur non sapendo come, dovette abbassarsi tutto. Non gli pareva di essere accanto a quella Ghìsola che conosceva da tanto tempo e che era con lui anche poco fa. Ella strinse le gambe l'una contro l'altra, così insieme che somigliavano ad un aratro voltato in sù.

Allora Borio, dopo una lotta silenziosa, con le mani, poté dire, sentendo già il rimorso, senza nessuna voluttà:

– Ti dico di sì... ti dico di sì...

Le loro dita, sudate, si sguisciavano; egli aveva voglia di storcergliele: si guardavano come quando si sta per leticare, perché ormai era impossibile smettere.

Ella allontanò le gambe. Poi pianse.

*

Borio, più anziano, le incuteva anche una certa obbedienza. Aveva la testa grossa e con un birignoccolo, il viso tutto rasato; e i capelli, a spazzola, che gli coprivano fin giù le tempia: le sopracciglia come lunghe setole nere e attaccate insieme sul naso.

Ella stessa l'indomani andò a ritrovarlo; e ne divenne gelosa.

Adesso i suoi occhi parevano sempre molli; e i capelli più morbidi; con la fronte troppo piccola.

Borio ci si era perso, e l'avrebbe sposata. Ma anche il suo fattore la possedette; e ambedue, per gelosia, ne sparlavano con tutti: allora molti di quei giovinotti, da lei respinti, non la lasciarono più in pace.

Andavano a cercarla nel campo, sotto i fichi e i peschi; l'appostavano, quando tornava, attraverso i ginepri. Si doveva difendere a morsi e con le unghie, piangendo e rifugiandosi a casa di corsa. E allora le veniva da ridere; e aspettava che passassero sotto la sua finestra. Qualcuno cercava d'arrampicarsi anche su per il muro. Poi facevano le sassaiuole alla porta.

Il fattore voleva tirare qualche fucilata, come alle lepri.

Ma ella, per non buscarne tutti i giorni dai suoi, e per essere più indipendente, trovò servizio da una signora della Castellina, un altro paese distante da Radda pochi chilometri.

La strada da Siena, dopo essere discesa fin giù ad un torrentello dov'è un mulino, sale in mezzo a linee contorte e raggomitolate di colli che s'assomigliano e della stessa dolcezza, con i filari delle viti tra i muriccioli a secco, di sassi, con le fattorie dietro i cipressi, con qualche campanile così lontano che dopo una voltata non si vede più. E di mano in mano che la strada s'aggira, quasi tormentandosi della sua lunghezza, impaziente, si fa sempre più silenziosa; e le campagne più aride e solitarie.

Vi sono poggi con cime piane, lastricate di pietre, sterpigne: qualche croce, fatta con i pali delle viti, talvolta abbattuta, in proda a una scorciatoia per i contadini e per le bestie.

Boschi di querci, ma radi; e, tra il fogliame, si vedono prominenze e insenature di altre colline, scoscendimenti ripidi e a un tratto pianeggianti, con tre o quattro facce che si attaccano a ondulazioni di prati, a ripiani di terra rossastra, a balze.

Dopo Fonterutoli, un villaggio come un angolo di case, con quattro botteghe, la strada si fa ripidissima; e riesce ad esser più alta che altrove.

Talvolta tutto un pezzo di bosco appare quanto è largo, e un uccello vi passa sopra; da un doccio, il solo che è per quella strada, vecchio e sbocconcellato, scroscia l'acqua dentro un abbeveratoio massiccio.

Il silenzio di quei boschi, le lunghe ore di seguito! È uguale a quello delle pietre aggavignate dalle radici degli alberi. Ma quando il vento soffia da dove gli alti monti doventano quasi diafani, gli scontorcimenti delle fronde impauriscono, strepitando e sibilando: ogni fronda, ristrettasi accostando insieme le foglie, quando si riapre per tutto il bosco è un tremolio che s'attenua, accompagnato da qualche suono, che sbalza da un punto all'altro, flebile e melodioso. I ramicelli si schiantano, le foglie sbattono su le pietraie; gli uccelli volano qua e là come portati dal vento.

Nel temporale tutte le querci si piegano insieme, con sforzo, per abbassarsi. Le nuvole si fermano sopra, quasi si mettessero a guardare; e par che né meno il vento riesca a smuoverle.

Talvolta sono immobili le querci, e allora le nuvole passano.

La strada, dopo il villaggio, si volge a gomito, in salita, come una fetta bianca tra due spianatine di verde; poi, all'improvviso e dritta, precipita per più di un chilometro, tagliata tra i macigni; e allora si vede giù tutta la Castellina.

E in quel punto, a destra, seguitano altre colline poco più alte. Mentre, a sinistra, sono sempre più basse fino alle pianure della Val d'Elsa; con i paesi che sembrano piccole macie; poi cominciano la Montagnola e Montemaggio; e dietro a loro si stendono altre file di monti, che a vederli di lassù sono uguali alle nuvole lontane.

Ci si imbatte, quasi sempre, in un branco di pecore, che attraversano lo spazio dove non sono piante e si rimboscano dall'altra parte, trotterellando. Oppure scendono giù per una viottola, l'una dopo l'altra; come si buttassero con il capo in avanti; e il peso della prima le traesse dietro tutte.

Quanti carri verniciati di rosso, con i bovi; e sopra, per lo più, i contadini a coccoloni per stare più comodi!

Qualche automobile, proprio delle prime, faceva affacciare alla finestra e agli usci quelli che erano in tempo, meravigliati che passasse tra loro come se non ci fossero né meno stati; poi si scambiavano il solito sguardo e tornavano alle faccende. Che fretta!

Le donne, che avevano i bambini a raspare la terra, quasi in mezzo alla strada, gridavano imprecando.

Qualcuno di quei vecchi fattori arricchiti, strettosi al muro più di quanto ce ne fosse bisogno, andava a sfogarsi con gli amici, seduto sopra uno sgabello, con il bastone di legno sbucciato tra le gambe, appoggiando la schiena torta su le segolette, le fruste, le funi attaccate alla bottega che vendeva anche lo zolfo, le spazzole e le bullette per le scarpe.

Se ne stava lì magari due ore, sputando sempre dalla stessa parte; facendosi comprare il sigaro da qualche ragazzo, per non muoversi.

– Andrebbero messi in prigione, non è vero? Ai nostri tempi, queste stupidaggini non c'erano.

E rideva spalancando tanto la bocca che si vedeva tutto il solco della lingua a punta; una lingua aguzzata con il coltello.

A mezzogiorno, quando il sole troppo caldo aumentava il silenzio, egli, con l'orologio in mano, aspettava che le campane suonassero:

– Tu che ora hai?

Le campane si muovevano; tutti si alzavano come sorpresi: quasi avessero dovuto cambiar di posto anche le muraglie. Le botteghe erano chiuse ad un tratto. E coloro che abitavano fuori del paese si avviavano a mangiare; indugiandosi, però, al sole; come i cani che scodinzolavano a tutti.

La metà superiore della torre era dentro alla luce, e pareva dovesse consumarsi come una fiamma.

Quando le campane tacevano, se ne udiva una lontana sperduta tra le boscaglie; che continuava a cantare per conto proprio, mescolando il suono con i campani dei greggi.

Una ragazza, venuta da un altro paese vicino e conosciuto, si porta sempre con sé tutti i pregiudizi con le simpatie e le ostilità che quello ha. Ora, a Ghìsola, s'erano aggiunte molte dicerie; che facevano ridere.

Il prete, avvertito certo da quell'altro di Radda, rimproverò la signora che l'aveva presa al servizio. La giovine sentì in lui un persecutore fanatico: lo vedeva bene dalla sua fisonomia alterata e biancastrona quand'egli la guardava torcendo la bocca tutta da una parte; con gli occhi noccioluti e miopi. Ed ella allora camminò più rimpettita, più lasciva, come un'anatra che tiene alto il becco.

Come odiava Radda, ora! No, Borio non avrebbe fatto così con un'altra: con una delle sue sorelle, per esempio!

Rivedeva tutta la processione: anzi si divertiva riconoscendo a uno a uno quegli che cantavano senza badare a lei, dicendo mentalmente i loro nomi, dietro quel crocifisso nudo e tarlato; con le gocce di vernice rossa come sangue vero, che battesse in terra, spaccando gli zoccoli di tutta quella calca! Le pareva che la processione entrasse, vertiginosamente, dentro i suoi occhi! Il baldacchino un poco di sghembo, e la musica riecheggiata, come se suonasse anche la valle tortuosa, a nicchia: quella musica quasi che parlasse; e il suono delle campane così forte da farle staccare.

Ghìsola aveva creduto di trovare alla Castellina gente che s'occupasse meno di lei; ma questa differenza non c'era.

Tutti sapevano qualche cosa; e chi non la sapeva se l'inventava.

Il sindaco ne era impensierito, perché doventava un vero scandalo; e diceva che certe donne stanno bene nella città e non nei paesi. E, poi, alla Castellina! Ma Ghìsola gli piaceva, e ci faceva invece anche il galante.

Ella, benché ce ne fossero parecchi, non trovò né meno uno da farci amicizia; perché, appena si parlavano, c'era sempre la persona che li scopriva e andava a dirlo. Così non avevano più il modo di riavvicinarsi.

Per i signorotti, poi, si trattava di un divertimento molto allegro; e ognuno se la spacciava per sua amante.

La mezza dozzina di signorine, in fondo, la invidiavano che piacesse così e che gli uomini la guardassero benché parlandone male.

Per Ghìsola doventava troppo; e bisognava venir via anche dalla Castellina: «Che ci faceva, là su, tra quel pettegolezzaio?».

Dopo né meno un mese, per mezzo di alcune amicizie, d'accordo con una mezzana, fu presa da un commerciante di stoviglie separato dalla moglie; il quale appunto voleva conoscere una ragazza di quel genere. Egli, avendola trovata di suo piacimento e disposta, la mise in una sua casetta nei dintorni di Badia a Ripoli; dove da tutti era chiamato, alla buona, il signor Alberto.

E Ghìsola, mandando il suo indirizzo ai parenti, scrisse d'aver trovato servizio.

*

Ghìsola viveva più volentieri così, quando Pietro, venuto il tempo degli esami, andò a trovarla.

Suonò al piccolo uscio, la cui vernice celeste s'era screpolata al sole. La piastra di porcellana, bianchissima, con i numeri della casa, luccicava alla luce; e i numeri, turchini, danzavano e s'aggrovigliolavano.

Udì un calpestìo; e poi una voce di donna gli rispose nel momento che la porta s'apriva. Egli salì in fretta, respirando forte, come se il troppo fiato durasse fatica a passargli per le narici, e fosse doventato liquido.

– C'è Ghìsola?

La donna, incuriosita e sorridendo del suo imbarazzo, gli rispose come avesse risposto tutta la stanza: – La chiamo subito.

Egli s'accorse che la sua prima impressione non aveva corrisposto a quella aspettata: c'era una specie di ostilità. Non pensò a nulla; ma cercò di ricordare, con quel che ne aveva provato, la fotografia.

La donna, strascicando le ciabatte, uscì. Pietro restò troppo solo nel silenzio improvviso; e non avrebbe voluto esserci: gli pareva che i suoi sentimenti non avessero avuto nessuna relazione né con quel luogo né con Ghìsola. Ci stava proprio lei?

Un raggio di sole penetrava da uno strappo dello stoino della finestra fino al mezzo della stanza; e dal raggio si diffondeva una chiarità tranquilla. Ma quel silenzio sembrava un abisso e un agguato inspiegabili! Nondimeno, egli si sentiva lieto. Udì alcuni passi rapidi: era Ghìsola.

Riconosciutolo, rise e arrossì; poi, rimase il sorriso soltanto. Ed egli credeva, guardandola, di non vedere il suo volto; e non fu capace di salutarla.

Allora ella lo toccò sopra una mano, lo invitò a sedersi; e si appoggiò alla tavola, aspettando che parlasse.

Lì per lì, un poco sconvolta, s'era sentita prendere dalla voglia di piangere; vincendosi perché la vedesse subito imbellita.

La striscia della luce, essendo su la sottana, aumentava la chiarità.

La sua buona Ghìsola! L'aveva ritrovata! S'alzò di scatto; e, allora, poté chiederle, guardando una parete:

– Da quanto sei qui?

Ella glielo disse con una disinvoltura che a Pietro dispiacque; e, tenendo le mani insieme dinanzi, chiese:

– È fidanzato?
– No.
Ma ebbe voglia, chi sa perché, di dirle una bugia.
– So che è fidanzato, invece.
Fece un gesto di furbizia; e riprese, come se avesse parlato di una cosa che la mettesse di buon umore:
– Crede ch'io non sia informata di lei?
Ma Pietro, per la contentezza, era incapace di parlare.
Ella se n'avvide e le apparve, tra gli occhi e la bocca, un segno di dolcezza. Allora Pietro, credendo giunto il momento opportuno, disse senza guardarla:
– Ho pensato sempre a te.
Ghìsola si volse verso uno degli usci: parve che la striscia di luce, movendosi la sottana, volesse andarsene; e Pietro chiese, sottovoce:
– Credi che ci oda quella donna?
Infatti, Ghìsola aveva sospettato proprio così; ma s'era rallegrata, pensando alle risate che ne avrebbero fatte insieme, pigliandosi, per il troppo ridere, le braccia. Quasi si dimenticava di rispondergli; ma, vedendo il suo imbarazzo, disse:
– Potrebbe ascoltare. Non importa!
– Chi è? Perché sta con te?
Ella non si trovò a corto di bugie; e, dopo aver cavato la lingua fuori per dire: «quante ne vuol sapere!» gli rispose:
– È l'amica della mia padrona.
– È sola la tua padrona?
– Sola: tiene questa donna per compagnia, perché non fa entrare mai nessun uomo.
– E ci stai volentieri? Come ti tiene? Hai da affaticarti troppo?
– Oh, mi vuol bene!
Egli pensò: «Si è affezionata ora a lei, come prima a Giacco e a Masa!» E disse, per timore e per riguardo di lei:
– Penserebbe male di te la tua padrona se mi trovasse qui? Dov'è ora?
– Tornerà più tardi del solito, oggi. Bisognerà ch'io le dica che ci è stato lei.

– Diglielo; non ti rimprovererà. Non devi esser bugiarda.

Egli, così, voleva alludere ai loro rapporti. E intanto si meravigliò del modo di fare di quella casa e di quella donna, di cui Ghìsola si preoccupava così poco. Ma anche rifletteva che ella doveva lavorare per vivere. Allora uno scrupolo lo prese: non doveva prometterle a un tratto il suo amore, per non offenderla: era stata la sua contadina, e avrebbe potuto non credergli. Ma, vinto dall'impazienza, domandò:

– E tu hai mai pensato a me?

Sentì che con queste parole s'era riallacciato al suo sentimento; e credette di chiudere dentro esso anche Ghìsola. Era necessario strapparla da quella gente, che la teneva con sé e che egli non conosceva!

Divenne taciturno, ed ella fece una di quelle mosse che rivelano di scorcio tutte le abitudini di una esistenza. Pietro non comprese, ma però le domandò:

– E nessuno ti ha mai voluto bene?

Ella non rispose: egli ripeté la domanda. Non rispose lo stesso: credette di aver preteso di sapere troppo per la prima volta. Avrebbe dovuto, però, esser subito sincera! Allora si chiese se poteva parlarle con la stessa confidenza di prima; e sentì una gran simpatia per quel silenzio improvviso d'agguato, perché per lui era una cosa insolita.

Ella aspettò che rialzasse la testa, con una fisonomia tra bonaria e astuta; e gli chiese, quasi scherzando:

– Le piaccio adesso?

Egli non volle risponderle, provando una gran contentezza.

All'infuori di loro e della stanza, non esisteva più niente!

Ghìsola proseguì:

– Mi amerebbe ancora?

Allora rispose con sforzo, come se avesse parlato con la voce di un altro:

– Se tu non hai amato mai!

C'era un silenzio tale che ambedue credevano d'udire i movimenti delle loro congiunture; ed evitarono di guardarsi.

Egli ebbe compassione che fosse serva e che la padrona,

risapendo della sua visita, l'avrebbe forse umiliata rimproverandola. Andò verso la finestra, discostò lo stoino verde; e vide, in uno abbarbagliamento di sole, alcune aiuole fiorite con bambù nel mezzo. Ghìsola gli si avvicinò in fretta, con un passo solo; e lo trasse indietro:

– Non si affacci!

Egli s'intimorì come se stessero per staccarsi tutti i mattoni della finestra, per colpa sua. Ma quando Ghìsola lo toccò, si sentì impallidire. Come una volta!

Ella, dopo essersi subito scostata, prima che egli si riavesse, disse ridendo:

– Mi vuol bene ancora; è vero.

Pietro rise per imitare Ghìsola; sentendosi girare la testa come dopo un pericolo. Ghìsola fece l'incredula, aggiungendo:

– Ma non a me sola!

Egli era incapace di qualunque riflessione; e le sue parole seguivano una continuità incosciente.

– Perché mi rispondi così? Se te lo dico io...

Gli parve che anche le sue mani parlassero. Ad un tratto percepì Ghìsola lontana, fuori d'ogni illusione, sentendo come un presentimento nemico che avrebbe dovuto combattere per chiamarla a sé. Il suo sogno d'amare era ancora remoto! Come profondamente aveva sognato!

Che era bella non glielo doveva dire, per non farle un complimento che sembrasse magari equivoco; e poi perché la sua bellezza non sarebbe valsa a niente se non avesse avuto anche un istinto profondo di onestà, proprio come lui.

Voleva che avesse la coscienza dell'onestà, e che ne fosse orgogliosa. Questo era necessario; per quei principii morali che in lui si fondevano con quelli di redenzione e di giustizia nella vita. Perciò egli, per primo, doveva dargliene l'esempio. E si propose di spiegarle tutto in seguito.

Non trovava più che dirle e gli pareva che qualcuno gli imponesse d'andarsene. Si piantò in mezzo alla stanza, dette un'occhiata a Ghìsola, le stese la mano, e uscì lentamente; non sapendo come uscire, battendo una spalla nell'uscio.

Ella fu contenta che la visita fosse finita così in fretta, perché avrebbe potuto giungere il suo amico.

La scala era di mattonelle consumate, concave e sottili: guardandole, gli pareva che i suoi piedi le sfondassero.

Un grande tremito lo scuoteva. Richiuso l'uscio con un tonfo che gli parve troppo forte, alzò gli occhi e vide Ghìsola affacciata ad una loggetta di ferro: lo salutava movendo il capo. Ma egli non ebbe la forza di risponderle: si voltò due volte sempre con il desiderio che fosse lì, tutto intenerito per lei e pensando che aumentava sempre più l'impossibilità di poterla salutare. Ed entrò in città senza né meno avvedersene.

Quantunque camminasse sul marciapiede rasente il muro dell'argine, non guardò l'Arno con poca acqua verdastra dove era qualche strisciatura turchina. Fermi sopra una specie di penisoletta fatta dal fondo del fiume, stavano alcuni barrocci già carichi di rena; e lì attorno l'acqua, più bassa che altrove, era tutta guizzi di scintillamenti.

Talvolta, il rumore della città pareva più distante, spostarsi verso un altro punto, per tornare un momento dopo; e siccome Pietro camminava in fretta, di quando in quando doveva soffermarsi per aver sbagliato strada.

Giunse al Lungarno degli Archibusieri: il Ponte Vecchio con i due piloni che sorreggono le case degli orefici come picce e insieme con le altre che stanno aggrappate sopra le mensole ad archi e sopra i puntelli di legno verniciato di rosso: le pareti sono fatte a brandelli dalle finestre troppo larghe e troppo fitte.

Di là d'Arno, case strette strette, grigie, sporche, vecchie, quasi abbiano paura di essere rovesciate giù; case come strisce sottili, d'ogni colore, attaccate con quelle del ponte; rettangoli di case e rettangoli di acqua: tutti di seguito, diseguali.

L'Arno rasentava gli archi delle mensole: il suo silenzio e quello delle case faceva udire i brusii lontani, intonati quasi sempre con qualche campana; e i cipressi di Torre al Gallo su nell'aria con una immobilità dolcissima.

Di qua d'Arno le botteghe semichiuse, arse dal sole, con l'ombra troppo calda delle loro tende corte; con le strade che entravano, deserte, nella città.

Mentre dalla chiesa di San Miniato, e dal Belvedere, gli alberi come una siepe alta, sparsa di ville bianche e scendenti dietro i tetti di Borgo San Iacopo.

Il Poggio dell'Incontro aveva una chiarità celestrina.

Sul Ponte Vecchio il vento sbatteva le tende scolorite degli orefici, portava la polvere delle strade sopra il fiume. Ed ecco le statue candide, con le ombre gialle, del Ponte Santa Trinita; che finisce tra l'abside della chiesa di San Iacopo, a sponda del fiume, e tra la chiesa di Cestello. Poi il campanile di Santo Spirito, dinanzi alle case più rade e più basse; fino alle ciminiere del Pignone. E, quasi solitario, il Ponte della Carraia: in fondo, i primi alberi delle Cascine; nella luce e lontani.

Tornò a casa molto tardi; cambiò di posto ai libri portati da Siena, tolse dalla valigia tutta la biancheria. Durante la notte, si svegliò due o tre volte; e, prima di riaddormentarsi, si disse, sempre con gioia, a voce alta:

– A domani c'è poco!

Stette indeciso tutta la mattina, e la sera le scrisse; perché sentiva d'amarla da vero. Di Ghìsola non si ricordava come fosse il volto; ma piuttosto, senza vederli chiaramente, gli pareva che si ripetessero i suoi movimenti intorno a lui. Il colore del suo vestito era doventato una luce, che di quando in quando sopraggiungeva come un lampo.

Ghìsola si fece leggere la lettera dal suo amico; a cui aveva già detto, a modo suo, della visita, non fidandosi della lingua di Beatrice, la donna di servizio veduta da Pietro.

Il signor Alberto le domandò, ridendo:

– Perché ti scrive? Sembra che ti ami da molto tempo. È una lettera curiosa. Fammela rileggere.

Ad ogni frase, questa volta, si fermò per guardare Ghìsola che gli stava appoggiata ad una spalla. Riprovavano quei sentimenti che c'erano espressi, sapendo che non sarebbero stati possibili a loro. Finita la lettera, egli baciò l'amante:

– Questo è suo.

Ella strappò il foglio, e si mise, per farlo ridere di più, ma anche per l'allegrezza, a camminare con i tacchi e a girare su se stessa. Egli ci si divertì, ma chiese:

– Come fai a volergli bene?

– Così.

E rifece un gerbo sentimentale, con tutta la persona.

– Però tu non mi dici ogni cosa.

La prese per un orecchio e le domandò sottovoce:

– Anche a lui?

Ella si rialzò tutta e impallidì, rispondendo più lesta che le fu possibile:

– Te lo giuro. Ma se mi sposa, perché non vorresti?

Egli, allora, si sarebbe perfino scusato!

– Soltanto voglio esser certo, per il bene tuo, che ti ama da vero e che è ricco, come tante volte hai sognato di trovar qualcuno. Altrimenti, mi pare che potresti restare dove sei.

– Se è ricco? Suo padre ha dieci poderi e una grande trattoria.

– Ma il suo consenso?

– Scommetto ce l'ha mandato lui.

Il signor Alberto credette a Ghìsola, e ne fu contento.

Mentre ella prendeva i piatti dalla dispensa per metterli su la tavola, pensò che avrebbe potuto, se gliene fosse venuta la voglia, restarle amico.

Ma i suoi affari non andavano bene e bisognava allontanare da sé quella vita troppo pacifica e troppo oziosa.

Ghìsola lo spiava quand'egli, senza accorgersene, abbassava la testa; aspettando la sua più intima risoluzione, quella forse che avrebbe nascosta. Temendo che stesse troppo a pensare, gli disse:

– Che cosa c'è stasera? Sei tornato con i nervi?

Egli sorrise e rispose:

– Hai ragione; io sono troppo anziano per te; e ti sacrificherei. Sono io che voglio che tu ti faccia sposare.

– Ma perché ne parli? Ce n'è bisogno? Mi fai rabbia.

– Sei tu che ne parli, cara Ghìsola! Ma mi viene una buona idea!

– Dimmela!

– Devi comportarti in modo da potergli far credere dopo che t'ha fatto restare incinta lui! Non ti sarà difficile. Non ti piace?

Ella si morse le labbra, in fretta, con le spalle volte al lume. Poi si mise a girare un dito intorno all'orlo del suo piatto.

Egli le chiese:

– Ebbene?

– Non gli rispondo né meno. Se torna qui, gli butto un secchio d'acqua addosso.

E suonò il campanello elettrico, per chiamare Beatrice che portasse la cena. Ma il signor Alberto, come se concludesse le sue riflessioni, esclamò:

– Tu doventi più ricca di me.

E aggiunse, con una certa serietà:

– Basta però che tu non lo faccia venire in casa mia...

Ella, sentendosi in fallo, volse la testa.

– ...a fare il comodo vostro.

Ella rise. Allora egli s'intristì:

– E non voglio che tu ti faccia vedere insieme qui dalla gente di Badia. Mi conoscono.

E mentalmente proseguì: «Perdo anche lei. Doveva essere così, mi pare». Procurò di sorridere, si lisciò i baffi, andò a guardarla negli occhi, le dette un pizzicotto che le fece male.

– Hai inteso?

Ella rise per non piangere. Egli non aveva voglia d'intenerirsi; e chiese con diffidenza comica:

– Non ti riesce a farti baciare da lui?

E aggiunse per burletta:

– È più furbo di me; perché tu, con me, hai fatto quello che hai voluto.

Scoppiarono in una risata; e siccome la donna entrava, si sederono a cenare.

*

Ghìsola, lusingata perché aveva capito subito quanto Pietro l'amava, invece di rispondergli con un'altra lettera, andò lei stessa a trovarlo. Non poteva darsi che la sposasse da vero? E allora sarebbe tornata a Siena non contadina, ma padrona.

Quand'ella arrivò, Pietro stava in camera con un libro in mano, ma senza studiare: arrotolava con le dita i lembi delle pagine. Invece di due esami ne aveva dato uno solo; e pensava a Ghìsola. No; egli non doveva andare agli esami! Doveva fare in quel modo!

Quand'ella aprì l'uscio senza aver né meno bussato, il cuore gli fece un balzo. Ed esclamò:

– Vieni! Ti aspettavo!

Ella, un poco seria, si sedé, alzando la veletta fino al cappello ornato di violette finte; ed egli le disse:

– Lèvatelo.

Egli non aveva mai detto così a nessuna donna!

Ella, quasi che lo sapesse o lo sentisse dalla voce, sorrise di buon umore; e dopo avere esaminata con affettata diffidenza tutta la stanza, andò allo specchio, sfilò lo spillo, se lo mise in bocca, lo posò con il cappello sul marmo del canterano.

Averla sposata subito! Com'era bella!

Si sederono a faccia, provando egli un piacere impacciato a sorriderle, ed ella badando a fare come lui. Poi avvicinarono le mani insieme sopra il tavolino, ed egli le pigiò ad uno ad uno le dita, in silenzio; come per convincerla che non c'era niente di male.

Il sole faceva doventare rosse le stecche della persiana chiusa.

Egli si alzò e la baciò; ed ella socchiuse gli occhi. Ma nello stesso tempo avrebbe voluto rimproverarla dicendo: «Ti puoi fidare; ma se io non ti amassi così da vero?». E le teneva strette le mani, per provarle che l'amava; piacendogli il suo odore di sudore.

Ghìsola abbassava le palpebre tutte le volte che incontrava il suo sguardo; ma gli sorrideva, quasi invitandolo a capire e a smettere di amarla a quel modo, con la pretesa di non esser mai stata di nessuno. Poi tossì e appoggiò il dorso alla sedia per stare più discosta.

Ella, dunque, era sua! Ma che le dava in cambio di tanta gioia? E perciò le chiese:

– Puoi amarmi anche tu?

Ghìsola tacque, piegando la testa. Egli insisté per farsi rispondere; con una dolcezza che voleva fosse apprezzata. Allora ella lo baciò per la prima volta, come se non sapesse baciare; strofinandosi poi il fazzoletto alla bocca, quasi fosse pentita; e disse lesta:

– Bisogna che torni a casa.

Pietro pensò: «È bene in fatti che non stia molto tempo qui!»

E le chiese il permesso di ribaciarla. Ghìsola allora finse di rimproverarlo, perché non glielo aveva chiesto anche prima; mortificandolo, senza ch'egli sapesse quel che rispondere: il nero delle sue pupille aveva quella lavatura, che pigliano le cose quando stanno in fondo all'acqua.

Ma nel mettersi il cappello, si bucò con lo spillo un dito. Poteva farsi male anche se egli era lì! Le afferrò la mano, guardando la stilla di sangue che ingrossava sempre di più; e quando fu per cadere, la succhiò.

Ella lo lasciò fare, incuriosita. E gli sorrise come a un ragazzo: già con una dolcezza ch'era più confidenziale e più buona.

Pietro, inebriato, le disse:

– Me ne ricorderò sempre!

In Piazza Beccaria, e gli alberi mossi dal vento pareva che non ci dovessero entrare più, il fazzoletto le cadde di mano. Egli lo raccolse, e lo tenne finché non si lasciarono. Il fazzoletto era quasi la stessa cosa con il vestito di lei.

– Quando torni?

Ghìsola non sapeva se il suo amico le avrebbe fatto far subito da vero quel che voleva.

– Non lo so...

Pietro si sforzò di capire se ne dovesse pensare bene o male: certo, gli parve impossibile ch'ella se ne andasse.

– Domani?

Ma gli dispiacque insistere, non sapendo se sbagliava.

– È troppo presto. Tra cinque giorni.

Ella sorrise soltanto per prendere tempo.

– Pensa che t'aspetto... Non mi credi? Dimmelo che mi credi...

– Lo so.

E sorrise un'altra volta.

– Ti posso scrivere?... Ma sai leggere?

– No.

E avrebbe invece voluto mentire, guardandolo più volentieri con alterigia; ma arrossì, abbassando il volto.

– E chi ti leggerà le lettere? Una donna, non è vero?... Bada di fartele leggere soltanto da una donna.

– Da una donna: c'è bisogno che tu me lo dica?

E arricciava con una mano il labbro di sotto; Pietro la guardava rapito; poi, per rassicurarsi che non fosse costretta a mentirgli, chiese:

– Quella che vidi quando venni a trovarti?

Ma Ghìsola se ne accorse e rise; rispondendo:

– Un'altra. Non venire più oltre.

Egli disse: – Torna presto.

Ed ebbe questa riflessione istantanea: «Perché l'obbedisco? Ma ciò mi procura un senso di piacere e d'orgoglio!».

Ella se ne andò, senza voltarsi mai. Ed egli stette a vederla sparire dietro una piegata, dov'era un cipresso ritto sopra un muro; come un'estranea che non sapesse né meno niente del loro amore; mentre quel che aveva provato gli pareva più reale di lei stessa.

Una foglia, staccatasi dall'albero di un giardino, gli rasentò il volto: se fosse stato a Poggio a' Meli, l'avrebbe presa.

Ghìsola, a pena distante, le parve di aver perso tempo e basta.

*

Tutti i giorni Pietro l'attese: la rivedeva lì con le braccia sul tavolino. Ma la sensazione d'averla trovata soltanto e di non amarla cresceva. E non andava agli esami, quantunque ci pensasse continuamente e s'imaginasse, come in una allucinazione che lo spaventava, d'essere interrogato e di non rispondere.

Andò invece a cercare Ghìsola, con un'impazienza che lo faceva perfino piangere.

Ella stessa aprì l'uscio; e Pietro fu sorpreso di amare proprio lei nel momento che le chiese:

– Mi aspettavi?

Ella, per tenerlo a bada, rispose:

– Forse.

Allora, quantunque provasse una specie di contrarietà anche a parlare, gli venne detto:

– Non potremmo stare insieme nella strada? Sei sola?

Ghìsola rifletté; e poi rispose:

– Aspettami dinanzi alla Badia.

Pietro non ne provò nessun piacere, perché il senso disagevole d'una menzogna indefinibile l'opprimeva. L'aspettò soltanto per non mancare a ciò che egli stesso le aveva chiesto.

Tirava vento; ma c'era dovunque il sole ardente di luglio. Per la strada di Bisarno, alcuni cipressi si movevano in fondo alla svolta. E pareva che la luce fosse continuamente cambiata dal vento. Olivi, in fila, sporgevano con i rami lungo un muro. E le loro chiome, d'un verde tenero, vi sbattevano sopra. E anche le loro ombre parevano chiome: a pena si distinguevano da quelle vere.

Ella venne a passi rapidi. Era senza cappello e portava al collo una catena con un cuoricino d'oro.

Pietro temette d'esser ridicolo dicendole che doveva tornare a Siena. Ma, infine, ella gli chiese, dopo aver camminato in silenzio, mentre egli le guardava sempre le mani:

– Quando vai via?

– Domani.

– Non ci vedremo più, dunque!

Egli, sorpreso di quella calma un poco scherzosa, chiese sospirando:

– Penserai sempre a me?

Allora Ghìsola rispose, con convinzione, quasi con ubbidienza:

– Sempre.

Poi lo guardò e vedendo la sua scontentezza, riprese:

– Tu pensi ch'io ti ami poco.

Egli, quantunque fosse vero, rispose:

– Mi fido di te.

Ghìsola, tenendo la testa bassa, risorrise; ma questa volta la bocca s'indugiò nell'atto piacevole.

Quella strada, dove il vento sollevava qua e là nembi di polvere bianca, senza farsi sentire, era così solitaria come non ci fosse mai passato nessuno. Ghìsola gli pareva bella in un altro modo, e più grassa. «Sì, anche così è vestita bene!» Ma egli non poteva levare gli occhi da quel cuoricino: glielo voleva portar via, perché se no l'avrebbero guardata di più proprio nel petto.

Ghìsola se ne accorse e aspettava. Egli, allora, quando vide che se n'era accorta, le disse:

– Perché lo tieni?

Ella arrossì e parve che volesse proteggere il cuoricino.

– L'hai comprato tu o ti è stato regalato?

– Regalato.

– Dimmi chi. Dimmelo subito.

Egli si soffermò dinanzi a lei, e l'obbligò a fare lo stesso.

– La mia sorella Lucia.

– Quanto tempo è?

– Anno, quando venne a trovarmi.

– E ti vuol bene?

– Lei sì, ma io no.

– Perché?

– Non lo so...

– Perché? Dimmelo. Se non lo dici a me!

– Non lo so. Non ci assomigliamo di carattere.

Egli pensò che potesse esser vero, perché erano completamente dissimili anche di persona; e ne ebbe piacere. Ma nondimeno era geloso lo stesso anche della sorella. E le disse:

– Te ne comprerò uno io, e porterai il mio. Ossia il tuo, perché niente è più mio. Sei contenta?

Ella aveva voglia da vero di ridere; ma, certo, non era il momento. Invece tornò indietro senza dir nulla. E siccome si mise a camminar lesta lesta come se avesse fatto tardi, egli chiese:

– T'aspetta quella donna?

– Sì, siamo stati imprudenti.

– Ma perché dici così, se io ti amo da vero? Tu non devi preoccupartene.

Ella sorrise, ed allungò il passo senza rispondergli.

Pietro lasciò che arrivasse sola nella piazza; poi, facendo finta d'aspettare qualcuno, camminò lì d'intorno. Ma non c'era nessuno! Vide un cane che scappava con la groppa ossuta, ad arco.

Per la strada di Grassina, guardò la collinetta d'un verde pallido e sbiadito, tutta oliveti; con cipressi qua e là, mescolati, sottili.

Arrivato da quella svolta un tranvai, egli vi salì. Quando alzò gli occhi era già dentro Firenze, passato di poco la Barriera, sul Lungarno biancheggiante; e vide da quel punto tutti i campanili insieme.

*

Pietro si commoveva fino a pensare: «Se anche fosse disonesta per necessità di non patire la fame, io non potrei approfittarne. Piangerei. L'aiuterei a fare in modo che si cambiasse. Qualcuno, allora, potrebbe stimarla e sposarla. Ma me lo avrebbe detto. Perché non me lo dovrebbe dire?».

E, per contrasto al dubbio, gli pareva d'una purità mirabile. Allora ne era geloso e piangeva. «Deve esser mia! Voglio amarla io! Perché non dovrei amarla?». Non era anche il suo dovere morale? Ma come trovare il modo di star meglio che in casa del padre? Ghìsola gli aveva detto:

– È ricco; dipende tutto da lui. Ma egli non vorrà di certo.

Domenico, quando Pietro, tornato da Firenze, gli disse ch'era innamorato di Ghìsola e che, se fosse stato contento, aveva deciso di sposarla, non gli rispose né meno; ma si sentì aizzato contro di lui come la volpe quando le hanno accesa la paglia dentro la tana.

Degli esami tacquero ambedue. Pietro per non fargli sapere la verità, e Domenico per tentare che non ci pensasse più, ma con la voglia di sbatterlo nel muro come un cuscino.

*

Pietro tornava solo da lunghissime passeggiate in campagna, dopo essersi consigliato anche con l'aria. Talvolta gli era parso impossibile che Ghìsola avesse amato qualcuno, perché sarebbe stato una contaminazione della sua bellezza. Piuttosto era lui un geloso!

Talvolta si diceva: «Sono proprio a Siena? Non mi pare la stessa. Certamente, il suo cielo ora è più azzurro di prima: non era così una volta». Notò che d'estate, verso sera, nella Piazza del Campo rimane una luce pallida e tepida, un avanzo del meriggio; simile alla luce d'una lanterna, che illumini soltanto là dentro; mentre le persone, che attraversano quello spazio, sembrano lontane nel tempo, con un silenzio indefinibile.

«Quando ci sarà anche Ghìsola, le dirò quel che provo».

Tutte le mattine si svegliava con un sospiro. E come si ricordava bene dei sogni!

Ma senza Ghìsola non poteva vivere; e, verso la metà d'agosto, decise d'andare a prenderla, perché tornasse a Radda ad aspettare il loro matrimonio; un anno forse, un anno e mezzo al più. Perché non avrebbe avuto il consenso? Intanto, facendola stare a Radda, si sentiva più sicuro di lei.

Da Rebecca si fece prestare il denaro per il viaggio.

Ma a Firenze, in quelle poche ore, gli pareva d'essere sempre a Siena, in cima alla Via di Camporegio, dove era andato tutti i giorni quando faceva la scuola tecnica. È breve la distanza tra la mole rude e rossiccia di San Domenico e le case che s'arrampicano alla rinfusa, un'altra volta, in ogni direzione attorno al Duomo, fermandovisi sotto a pena che lo toccano; ma, a guardare di lì la profondità vuota di Fontebranda, ci si sente mozzare il respiro.

L'Ospedale, alto su le mura, rosso sangue, lo vedeva

doventare del colore della terra bruciata; il turchino del cielo, bigio. E poi le prime stelle, qua e là, così sparse che gli facevano angoscia.

I vicoli, simili a spaccature e a cretti enormi, s'anneravano.

Tra i giardini e gli orti, l'uno più alto dell'altro, chiusi dentro i muri rettangolari, che spesso hanno a comune, nelle insenature o nelle sporgenze delle colline, e seguendo i loro pendii diseguali, il barlume della notte gli sembrava che cadesse come quando piove a dirotto.

Un briaco cominciava a cantare e poi smetteva. La Costaccia come il parapetto d'un abisso, e il Costone quasi a picco, con il suo arco greve e largo che lo tiene fermo perché sopra ci passi un'altra strada, salgono di squincio verso le case.

Non due tetti della stessa altezza, anche se accanto. Grumoli piccoli e grandi di case che s'allungano parallelamente obliqui e storti: alcune volte le case stanno a due e tre angoli l'uno dentro l'altro, a cerchio, a nodi, serrate insieme, mescolate, aggrovigliate, con curve rotte o schiacciate, sempre con improvvisi cambiamenti; obbedendo alle forme delle colline, ai pendii e alle svolte delle vie, alle piazze che dall'alto paiono buche.

Ad un tratto, uno stacco tra due case, e poi le altre che s'afferrano e si tengono ancora, con forza, pigiandosi e abbassandosi e poi risalendo e girando per sparire leste leste dietro quelle che hanno un movimento affatto diseguale e che vengono incontro dalla parte opposta; salite su; ma anche queste s'interrompono quasi subito per doventare una raggiera più larga, irregolare, tutta piana oppure contorta; dentro la quale si mettono e s'avventano case, di sghembo, a traverso, come riescono e possono; spinte da altre che fanno l'effetto di volersi accomodare meglio ed assestarsi, ciascuna per conto proprio.

Le case, bassissime, quasi per affondare nella campagna, da Porta Ovile, da Fontebranda, dai Tufi, sorreggono quelle che hanno a ridosso, le trattengono dalla loro voglia di sparpagliarsi più rade; i punti più alti sono come richiami alle case costrette ad obbedire per non restare troppo sole.

Nei rialzi sembra che ci sia un parapiglia a mulinello, negli abbassamenti le case precipitano l'una addosso all'altra; come frane. Oppure si possono contare fino a dieci file di tetti, lunghe lunghe, sempre più alte: di fianco, altre file che vanno in senso perpendicolare alle prime.

La Torre del Mangia esce fuori placida da tutto quell'arruffio.

E attorno alla città, gli olivi e i cipressi si fanno posto tra le case; come se, venuti dalla campagna, non volessero più tornare a dietro.

Ma gli pareva d'essere inseguito da suo padre, pur sentendosi rasserenato dal campanile di Giotto, da Santa Maria del Fiore, da quelle strade che conosceva, già percorse in quella specie di perdizione sempre più accanita. Aveva voglia di riparlare con qualcuno dei suoi compagni, di spiegare a loro l'equivoco avuto, e come si fosse perso per una ragione che non sapeva dire; per quanto gli dispiacesse tenere segreti anche ora che sentiva la necessità squisita d'aver qualche cosa da nascondere; una cosa che forse era come la sua anima stessa.

Un venditore di limoni, sotto un ombrello verde con le stecche di legno, era seduto al principio del Ponte alle Grazie. Qualche facchino e qualche persona indefinibile sonnecchiavano appoggiati al muricciolo dell'argine.

Un'allodola volò dagli alberi di San Miniato, verso le Cascine, come una cosa scintillante.

Andando verso la Piazza della Signoria, fresca e annaffiata, si cominciava a rivedere la gente: più fitta in Via Calzaioli e nella Piazza del Duomo. In fondo a Via Cavour, il poggio di Fiesole; alto e verde.

A Badia, quando scese dal tranvai, Pietro arrossì quantunque non ci fosse nessuno. E scrutò sotto le persiane, per scorgervi qualche viso che guardasse nella strada: soltanto piante di geranii polverosi.

Apertogli l'uscio proprio da Ghìsola, che però non lo fece entrare, egli subito si dolse che non fosse già andata a Radda; ed ella rispose che aspettava lui e voleva prima essere sicura che i suoi genitori l'avrebbero volentieri ripresa in casa.

Gli era inesplicabile la sensazione di trovarsi con lei già da tanto tempo.

– E perché no? Sono cattivi con te?

– Io non ci sto volentieri.

Gli fece caso che rispondesse proprio a quel modo e non altrimenti. L'accarezzò, pregandola:

– Tu non mi devi rispondere di no; devi aspettare a casa tua. Mi farai piacere.

Poi pensò: «Perché le domando di fare così?».

– Se tu vuoi...

Visto ch'ella era per ubbidire, chiese:

– Vieni a Siena con me, allora.

Ella sorrise e gli fece cenno di tacere.

Era convinto che dovesse provare una gran dolcezza ad ubbidirgli; ma Ghìsola, che aveva voglia di scherzare più che d'altro, gli chiese: – Ti piaccio meno?

– Perché dovresti piacermi meno?

E le accarezzò tutta la faccia: ella si discostò e gli guardò la punta delle dita.

– Perché non vuoi? Ti aspetto nella strada, verso la Badia.

– Verrò. Ora vattene.

Le baciò ambedue le mani, tenendogliele insieme, mentre ella si tirava a dietro, quasi chiudendogli l'uscio in faccia.

Ed egli pensava, scendendo le scale: «Ha sofferto. Soffre perché deve stare in una casa che non è sua. I genitori, forse, non le hanno più scritto; i parenti la invidiano. M'è parsa più sensuale; ma io devo rispettarla lo stesso, anzi di più: dopo, la odierei».

Invece non gli fece caso che potesse venirsene via così a pena glie ne aveva parlato.

Il signor Alberto s'era impigliato in un processo di fallimento; e da una quindicina di giorni non si faceva più vedere da nessuno, né meno da lei, che andava a trovarlo, di rado, qualche mezz'ora, nello studio d'uno dei suoi avvocati dove ormai passava tutto il suo tempo. Egli l'aveva pregata di tornare a Radda, soltanto finché il processo non fosse finito;

anche perché i parenti della moglie, ch'erano tra i testimonii, non soffiassero nella brace.

Denari non li dava più; e, più d'una volta, Ghìsola aveva dovuto cominciare a contentarsi di pane mangiato soltanto con qualche frutta. Ma, non volendo tornare a casa e non avendo dove andare, aspettava prima di decidere qualche cosa.

Così non aveva, dunque, dopo l'arrivo di Pietro, che da incaricare Beatrice di salutare il suo amico, pregandolo che non la dimenticasse.

Tuttavia, per farle ricordare che Pietro l'aspettava, ci vollero le altre persuasioni di Beatrice; alla quale, evidentemente, il padrone aveva ricorso anche per questa faccenda.

La donna l'abbracciò piangendo; con una tenerezza che la fece sorridere, lacrimando.

*

Pietro, lontano dall'uscio, ad ogni passo che udiva sperava che fosse Ghìsola; finalmente, la vide.

Non pronunciarono né meno una parola: c'era tra loro una specie d'ostilità rispettosa. Ella volgeva gli occhi attorno; ed egli seguitava sempre i suoi occhi che lo evitavano, quantunque paresse che lo vedessero lo stesso. Tuttavia, da poche parole che avevano dovuto dirsi, sentirono svanire il loro ritegno.

Quando il tranvai si fermò, salirono.

Ella aveva un cappello di paglia, con un solo nastro di velluto nero; una veletta chiara sul volto, i guanti di filo bianco. Pietro s'accorse di quell'eleganza grossolana; e perché se ne sentì commosso, le toccò una mano. Egli, certo, sposatala, l'avrebbe fatta vestire molto meglio. Ma tutti la guardavano; ed egli ne era contento per lei.

Andarono in fretta dalla Piazza del Duomo alla stazione, perché c'era poco tempo alla partenza del treno. Nelle vie la folla li faceva sovvenire di se stessi e della loro decisione, come se trasalissero. E, allora, si guardavano negli occhi. Ma presero lo stesso il treno per Siena; quasi senza parlarsi mai.

Soltanto quando il loro scompartimento fu più vuoto egli le disse:

– Perché non t'alzi la veletta?

E le soggiunse sottovoce:

– Ti vedrò meglio.

Ella obbedì; e si sederono l'uno di fronte all'altro.

– Se ti vuoi riposare, vengo vicino a te. Vuoi appoggiare la testa su la mia spalla?

– Non importa.

Si sentivano legati dai loro sguardi, come dalle loro anime; che parevano pesanti.

Tutta la campagna correva, correva troppo! Pareva a Pietro che lo sfuggisse e non lo volesse comprendere più; anzi, lo disapprovasse. E allora aveva più bisogno d'amare Ghìsola.

Ma il giorno veniva meno come la sua esaltazione: la mattina, nel sole chiaro, gli era parso che i vagoni fossero per bruciare e fiammeggiare; ora, gli pareva, ad ogni stazione, che avessero paura di restare negli altri binarii, tutti intrecciati, dritti e curvi; che luccicavano una triste luce morta portandola con sé nell'oscurità delle lontananze diafane. La campagna si cambiava come i suoi stati mentali; ma non gli apparteneva.

A Poggibonsi, un treno, allontanandosi, divenne a poco a poco più corto, finché non ne restò che l'ultimo vagone visto di dietro; e non si sapeva più se stesse fermo o se camminasse: come certe sue illusioni. I vagoni che andavano su e giù, trainati, con le ruote che giravano con movimento eguale l'una dopo l'altra su le medesime rotaie, e i vagoni di un treno merci verniciati di rosso, con le cifre in bianco, sigillati, pazienti, lo fecero quasi piangere. Tutti scuotevano la sua anima, la schiacciavano!

Egli si sentì proprio solo e abbandonato e non si ricordò più di Ghìsola che, seduta dinanzi, lo guardava con acuta curiosità; e allora i suoi occhi avevano una immobilità affascinante.

Quand'egli, dopo aver sospirato, glieli vide così, esclamò:

– Oggi mi vuoi più bene!

Ella lo fissò con disprezzo; ma abbassò in fretta le palpebre, per nascondere lo sguardo: se le sentiva come portare via dall'anima.

Il giovine, senza capire, attese che parlasse lei, ora.

Allora Ghìsola lo fece sedere accanto; e si tennero per mano.

La gente che saliva e scendeva dal treno, i segnali delle stazioni le aumentavano la noia.

A Siena, ricusò di andare in casa della zia.

– Ma perché non vuoi?

– Vorrà sapere troppe cose da me: io agli altri non voglio dir niente di me.

Ella ci riusciva a vivere come voleva! La sentiva forte e indipendente. Ma per assicurarsi che non lo faceva per nascondere qualche cosa, le disse:

– Fai male: è la tua zia.

– Se andassi ad un albergo?

– Vedendoti sola penserebbero male di te.

– E tu non sai ch'io sono tua?

E insisté con tono di voce quasi infantile, con certe moine; battendogli il ventaglio sopra un braccio:

– Sì: accontentami. Vuoi fare sempre a modo tuo. Non è vero che questa sera accontenterai la tua Ghìsola?

Volevano decidersi, perché la strada fino alla trattoria era corta e già faceva oscuro.

Videro, dietro la basilica di San Francesco, una sfilata bassa di nuvole come il fuoco.

Qualcuno rallentava il passo per guardarli meglio, e allora camminavano più in fretta.

Alla loro sinistra si scoprì una parte di Siena, con la chiesa della Madonna di Provenzano. Tutte le case sembravano troppo fitte.

Ambedue, senza accorgersene, smisero di parlare. La Via Vallerozzi sembrava una scalinata di tetti larghi fino all'antica rocca dei Salimbeni; il cui sprone era coperto dall'ombra nera di un abete enorme. Di là da questa rocca, non si sa dove, la cima della Torre; e, più discosto, la cupola della

Madonna di Provenzano, quasi rinchiusa dentro un'altra spianata di case. Mentre i tetti delle tre vie, che s'annodano insieme a Porta Ovile, scendevano, pendendo tutti da una parte; come se le case non potessero stare dritte. Un pezzetto d'una delle vie assomigliava a un baratro pietroso; e una donna, ferma, vi sembrava rinchiusa.

Tutti quei tetti, ad angolo, s'appiattivano; e alla casa più bassa, all'ultima, s'appoggiava tutta la fila delle altre.

Pietro, interrompendo la distrazione, la scosse per una mano e riprese:

– Scusami se non voglio... Ma dài retta a me.

Ella s'impazientì e si fermò un'altra volta.

– Ascoltami... ho pensato di portarti a mangiare da mio padre. Io gli ho detto che andavo a Poggibonsi, dove ho un amico; e gli inventerò che ti ho trovata in treno.

Ella aspettò che uno smettesse di guardarla, e poi rispose:

– E crederà a noi?

Già la curiosità dei passanti li impacciava con molestia, con tedio penoso.

– Certamente!

Ghìsola stette molto tempo a testa bassa, non per riflettere, ma per sforzarsi a non pensare ad altro: e poi rispose:

– Mi piace poco.

Tacquero perché si sentirono vicini a bisticciare; poi egli, dopo uno di quei silenzi in cui si odono tutte le cose, la prese a braccetto fino allo scalino della trattoria.

Domenico, quando li vide entrare, salutò Ghìsola ma senza avvicinarsi; e credette lì per lì alla scusa di Pietro; che del resto non aveva mentito mai.

Il marito di Rebecca, con un piatto in mano, si fermò e le disse:

– A pena che avrò servito questi signori, avvertirò la tua zia.

Ghìsola, vedendo come la parente le potesse esser di pretesto per essere venuta a Siena, lo ringraziò.

Domenico, ch'era di buon umore, dopo averla guardata sorridendo, così irriconoscibile da quando stava a Poggio a'

Meli, andò in cucina; e, come se si fosse trattato di avventori, ordinò a voce alta da cena per Pietro e per lei. Ma disse anche per farsi intendere subito:

– Questi non pagano!

Ghìsola, disinvolta, si mise a ridere; e le dispiacque solo per orgoglio che Domenico la trattasse per quel che era; ma Pietro le fece rabbia. Non era punto furbo, e non contava proprio niente in casa sua!

Per far vedere che non aveva bisogno di mangiare in trattoria, non voleva sedersi a tavola; ma Pietro la supplicò, sottovoce, di non insistere; e le disse che il giorno dopo le cose sarebbero state chiarite.

Domenico, che veniva e andava dalla cucina alla stanza dov'erano essi, con le mani in tasca e con la testa bassa, senza guardarli mai, uscì e andò a sfogarsi dal suo amico droghiere: un figliolo non doveva portarsi in casa le amanti, sia pure che facesse bene a fare il comodo suo ora che era giovine. Ma il droghiere rise della sua collera e gli disse che lo lasciasse divertire, giacché si trattava di una bella ragazza.

Ghìsola, mangiando, non alzò mai la testa; e pareva che avesse poco appetito. Ma Pietro le pestava leggermente i piedi e le diceva qualche parola perché dissipasse il malumore. Poi la lasciò nella trattoria a chiacchierare con la cugina Rosaura, accanto alla dispensa, dov'era meno luce. E Ghìsola accompagnata da lei andò a trovare la zia, raccontandole una filza di abili menzogne, con l'aria più ingenua che ci fosse. Rebecca le disse:

– Per stasera, non ho da darti da dormire qui. Dormirai con la tua cugina, se il padrone è contento.

Ghìsola ridiscese ed entrò nella bottega, curiosa di vedere come sarebbe andata a finire!

Già era prossima la mezzanotte; e le tavole della trattoria sparecchiate. I cuochi sonnecchiavano appoggiati al ceppo del tagliere. I fornelli si spegnevano: come se anche la brace s'addormentasse. Tutti i lumi abbassati; e la trattoria piena di quell'odore ripugnante di tante vivande insieme.

In un corbello vicino all'acquaio, le bucce della frutta e gli avanzi.

Improvvisamente la notte si fece più oscura e piovve alcuni minuti: una di quelle piogge che fanno notare subito il nostro malumore, come quelle che ribollono l'immondizie ammucchiate in mezzo ai campi.

A Ghìsola, presa dalla stanchezza e dal sonno, parve che piovesse nella sua anima, ma non riesciva a togliere tutte le cose che c'erano. Si sentiva soffocare lo stesso.

Qualche lampo, silenzioso, s'accese tra le nuvole.

Allora, ella credette che avrebbe risentito quella pioggia in qualche sogno. Evitava di pensarci, per essere attenta a quel che accadeva intorno a lei e a quel che le dicevano.

Domenico, svegliatosi dal canapè dove da qualche tempo dormiva almeno due ore prima d'andare a letto, ordinò:

– Chiudete le porte.

Era evidente la sua scontentezza; tanto che Rosaura non gli disse volentieri:

– Io salgo in casa a trovare le lenzuola per Ghìsola.

Domenico non disse né sì né no; e si volse dalla parte opposta quando Ghìsola passando rapidamente vicino a lui, quasi provocandolo, lo salutò.

La camera di Rosaura era così bassa che, stando sdraiati su uno di quei letti, si poteva toccare una trave. Una finestra strettissima, nel muro più grosso di un metro, dava in una corte angusta e umida anche d'estate.

Messe le lenzuola, Ghìsola togliendosi la giacchetta domandò:

– Dove dorme Pietro?

– Nella stanza solita di quando era piccino. Ma vorresti andare a vederlo? Che braccia grosse tu hai!

– Senti come sono ingrassata!

Si fece pizzicare un fianco, e poi andò.

Riconoscendo bene la casa, si avanzò quasi a tastoni, attraversando la stanza d'ingresso e poi il salotto meno buio perché c'era la luce elettrica della strada.

L'uscio della camera di Pietro era aperto perché vi doveva

passare Domenico per andare nella sua. Ella vide il tavolino con i libri, il canterano con lo specchio che luccicava. E proseguì verso il letto messo ad una parete: Pietro dormiva.

Allora si chinò e cominciò a baciarlo su la bocca. Egli, senza finire di destarsi, sentì un brivido; ed esclamò a voce alta:

– Sei tu, Ghìsola!

*

Pietro non sapeva spiegarsi certi odii di Ghìsola, che parevan capricci, contro i parenti. E se ne dolse con Rebecca, consigliandola di rimproverare la nipote. Le disse anche:

– Bisogna che impari a leggere, almeno; me l'ha promesso.

Ma Ghìsola sapeva far dimenticare una cosa mettendone fuori un'altra.

S'imaginò che si fosse offesa di Domenico, della trattoria e di tutto il resto; e che volesse trovare il modo d'allontanarsene subito. Già gli aveva risposto la mattina dopo dell'arrivo:

– E tu credi ch'io voglia stare con tuo padre, anche se mi ci vuole?

Pietro sentì che non aveva niente da prometterle e disse:

– Quando egli si sarà convinto, come me, che tutto quello che hanno detto è falso, ti rispetterà. Perché non ti deve rispettare, perché non deve permettere che tu sia la mia moglie?

E la teneva per un braccio; ma ella sapendo che era sempre più impossibile, rispose:

– Mi odia. E non vuole che ci vogliamo bene. Non ti ricordi che mi fece mandar via da Poggio a' Meli quando s'accorse che anche allora ci volevamo bene?

Tutti i suoi progetti gli doventavano ridicoli, come una volta erano parsi serii, l'uno più dell'altro; e Pietro convenne che avrebbe dovuto lasciarla andare dove volesse: sentiva rimorso di mandarla a Radda! E non osò più né meno tenerle il braccio.

Ghìsola, sapendo che non avrebbe potuto trattenersi più di due o tre giorni, non prendeva sul serio niente; e fece subito sapere a Domenico che se ne sarebbe andata. Accompagnata da Pietro, andò a Poggio a' Meli, dai nonni; e così non rimise più piede nella trattoria.

*

Gli olivi avevano messo una bella trama bianca, che s'illuminava di lucciole. Mentre, su i poggi neri del Chianti, i lampi apparivano e sparivano come una luce liquida ma densa.

Ghìsola stava sola sul murello dell'aia. Masa e le altre donne degli assalariati, al chiaro di luna, aumentavano la sua collera. E le pareva che il chiaro di luna rimanesse attaccato alle loro vesti e se lo trascinassero seco movendosi. Lontana da loro, senza che né meno si ricordassero che viveva, quelle donnucce sporche come era stata anche lei!

Si sdraiò sul murello; con un tremito convulso. Fissò una stella più grande delle altre; e le parve che girasse a cerchio e poi saltasse in qua e là; sentendosi, a seconda di quel moto, strappare le tempie.

Credendo d'impazzire, scosse vivacemente la testa e si stropicciò gli occhi.

Poi le donne rientrarono in casa; e allora si rimise a sedere e guardò verso gli usci: nell'ombra stava quasi la metà del piazzale fino al pozzo, ed una entratura ad arco sotto il quale era un carro; ma le pareva che fossero soltanto colori di altre ombre.

Il murello era quello stesso quando, con qualche compagna, giornate intere, si chiappava le mosche su le ginocchia. Che risate insieme, a pena nella strada passava qualcuno!

Il pozzo le fece paura; come se tirasse giù, dentro l'acqua, lei e tutta la luna. Poi pensando che quel lume era anche sopra la sua faccia, se la nascose entro le mani e rimase così.

Dopo poco udì qualcuno che camminava sull'aia verso di lei: certo, era scalzo. Ma ella non si mosse; s'imaginava di non potersi muovere; per quanto sapesse che non era vero. Allora, Carlo le si mise a sedere accanto; tossì prima, e dopo un altro secondo le posò una mano sul petto.

Ella alzò la faccia senza guardarlo, fece una risata ed entrò in casa.

Carlo ebbe l'impressione di aver visto quella risata, e non la ragazza.

*

Pietro giunse poco dopo al cancello aperto; e, prima d'entrare da Giacco, si soffermò a guardare la luna che pareva escita allora allora dalle finestre dalla parte di dietro della casa.

Pensava anche che gli assalariati avrebbero ammirato il suo amore per una contadina, per una che era di loro.

Egli e Ghìsola andarono per la strada del campo, che dall'aia menava a quel ciliegio vicino al quale s'erano parlati molti anni innanzi. Il ricordo pareva ancor lì, sotto le fronde.

Ghìsola era nervosa e pronta a darglisi tutta. Stava per dirgli: «Perché non te n'accorgi?». Ma Pietro era in un'estasi che aumentava. Quasi parevagli di camminare sognando. Diceva:

– Perché non guardi sempre me?

Infatti ella gli si volgeva soltanto di sfuggita, e lo avrebbe lasciato lì solo volentieri. Ma, dominandosi come quando s'era stesa con la schiena sul murello, contraffacendo la voce di lui, si fermò a guardare il cielo. Egli, credendole, esclamò:

– Una notte così non la vedremo mai più! Le stelle scintillano anche dentro i tuoi occhi. Te le vedo io!

E la baciò lungamente. Ella scosse il capo, discostandosi. Era pazzo? La faceva soffermare ancora; gridava di gioia. Ghìsola, fuori di sé dalla voluttà, era come un'anfora che alla fine s'apre tutta secondo una sua incrinatura. E non si tenne dal dirgli:

– Se tu fossi un uomo!

Pietro le rispose come a se stesso:

– Io ti voglio bene!

E siccome anche la sua estasi doventava sensuale, volle tornare a dietro: Ghìsola non doveva accorgersene né meno!

Masa attendeva in cima alla strada, con le mani su i fianchi, inquieta per tutte le insinuazioni allegre degli assalariati seduti attorno all'aia. Giacco s'era rincantucciato in casa, malcontento di dover tenere acceso troppo il lume ad olio, contro il quale si buttava una farfalla con un corpo grosso quanto un dito. Il rumore delle sue ali, che di quando in quando si dibattevano, gli faceva alzare la testa e poi guardare dall'uscio scostato.

Pietro e Ghìsola allentarono il loro abbraccio, rasentando l'aia; mentre Masa disse sottovoce:

– Non andate lontani.

Gli assalariati si chetarono a posta; anche per riguardo al padroncino; e si vedevano i loro volti che parevano senza linee nel chiaro di luna.

Lo stollo del pagliaio era rimasto inclinato verso un tiglio.

A Poggio a' Meli ci si divertiva!

Fuori del cancello, i due giovini si ripresero per mano.

Le lucciole, innumerevoli tra le chiome pallide degli olivi, sembravano aumentare continuamente: le lucciole che, talvolta, s'appiccicavano alle mani come se fossero state gommose.

Cominciarono a baciarsi, ella appoggiandosi alla cancellata di legno, ed egli stringendosi a lei; nascosti nell'ombra della siepe. Ma, ad un tratto, Pietro s'accorse che faceva movimenti troppo voluttuosi con tutte le anche: si discostò e la rimproverò.

Masa, sempre più intollerante, dopo essere stata in mezzo all'aia, turandosi la bocca per non rispondere agli assalariati che ascoltava a suo malgrado, chiamò proprio in quel mentre; e Pietro e Ghìsola andarono a casa.

Qualche assalariato, invaso da una giocondità intrattenibile, si grattava forte la testa. Carlo, curvo con le mani su le ginocchia, sghignazzava tutte le volte che aveva dato uno sguardo verso Masa; e dentro una mano gli pareva di tenere quel che aveva toccato.

Le chiacchiere, che se ne fecero, durarono più di un mese.

Carlo rimase un po' di tempo a spiare dal suo uscio quando s'avviassero, perché non gli pareva vero d'andare a letto senza aver parlato con Ghìsola.

Ma Ghìsola propose alla figliola di un assalariato di riaccompagnare con lei Pietro fino al borgo; così, dopo, tornando, non avrebbe dovuto far la strada da sola.

Camminarono a braccetto; mentre l'altra ragazza, non osando avvicinarsi troppo, si teneva a distanza. Ma, volgendosi, la vedevano sorridere attenta e agitata; e, poi, quasi convulsamente.

Prima di lasciarsi, si dettero altri baci. Allora la ragazza, che s'era coperta la faccia con ambedue le mani, guardandoli tra le dita, si buttò nel mezzo della strada e si rotolò nella polvere. Poi gridò, come se fosse stata sola:

– Oh, oh, che faccio!

*

– Vestiti.

Trovatala in camera con le braccia nude, voleva che si affrettasse a rimettersi il giacchetto color rosa; e aspettando per baciarla. Poi le disse:

– Così mi piaci di più. Altrimenti, non ti potevo baciare. Lo sai!

Ella sarebbe partita con la diligenza di Radda.

Le cose erano rimaste sempre allo stesso punto: Domenico aveva finto di non occuparsi di Pietro e di Ghìsola, sapendosi dominare, sicuro che il tempo lo avrebbe aiutato; e le chiacchiere insinuanti non erano state confutate: Pietro non aveva trovato nessun modo d'affrettare il matrimonio.

Masa esciva ed entrava, dando un'occhiata a loro e una nel piazzale; per vedere se gli assalariati stessero lì a curiosare. Temeva più che mai le loro lingue; e non le pareva l'ora che Ghìsola se ne andasse, per riguardo al padrone.

Ella non si sentiva degna che la nipote doventasse la moglie di Pietro: era una cosa che aveva superato ogni sua pretesa! Non s'arrischiava né meno a ringraziarne Dio, perché temeva dovesse punirla della sua troppa contentezza; e poi, prima, ne voleva esser più sicura! Aveva detto altre volte:

– Non si può chiedere a Dio una cosa, di cui non siamo degni.

Pietro porse a Ghìsola il pettine, poi le abbottonò il giacchetto lungo la spalle. Ella, dopo l'ultimo bottone, si volse, e si fece baciare un'altra volta.

E siccome c'era ancora molto tempo, si distese sul letto dove aveva dormito giovinetta. Il suo volto s'indurì, sino a prendere un'aria d'angoscia sinistra. Respinse tutte le carezze di Pietro; non volle esser più baciata, non gli rispose né meno; qualunque cosa egli tentasse di dire; con gli occhi accigliati e torbidi, la bocca gonfia di collera.

Masa disse:

– Ti senti male? Che cosa hai?

Ella tirò la testa in dietro, quasi il collo s'irrigidisse. Pietro le prese le mani:

– Non è niente. Ti passerà. Ma che cos'hai? Lasciatela fare, Masa.

Ghìsola li guardava ambedue, ora l'uno ora l'altra. Pietro la baciò su i piedi: ella li nascose sotto la sottana. Era il dispiacere d'andarsene? Ma somigliava ad altre volte; a quando s'era accontentato di toccare qualche cosa che le appartenesse: un nastro, uno spillo; e anche il suo braccialetto d'argento. E gli era impossibile ammettere che ella avesse potuto scambiare con un'altra persona uno dei suoi ninnoli!

Ghìsola avrebbe voluto non muoversi più: credeva di dover stare a quel modo un tempo indefinibile, forse per sempre.

Pietro e Masa, così intorno a lei, le facevano venire un brivido. E li avrebbe presi a pedate.

Quando Pietro la decise ad alzarsi, dicendole che altrimenti non sarebbe più stata in tempo alla diligenza, ella sentì rientrare la voglia immensa di parlare con tenerezza; e la sua bocca fece una smorfia cattiva ma graziosa.

Si quietò di mano in mano che s'avvicinava al luogo da dove doveva passare la diligenza. Camminava con le gambe che si ripiegavano, lasciando battere ad ogni passo il suo ombrellino da sole sopra un ginocchio. Appoggiata a Masa e a Pietro, prese un'aria di bambina.

Masa pensava ancora agli assalariati e alla casa lasciata aperta; e si volgeva indietro, storcendosi le labbra.

La diligenza tardava. Allora la vecchia, tenendo le mani insieme sul ventre se ne andò, dopo aver detto:

– Badiamo che tutto finisca bene!

Ma Ghìsola non la salutò né meno. E si discostò da Pietro, che non smetteva mai di guardarla.

Alle finestre del Palazzo dei Diavoli non c'era nessuno. Prima di giungervi, avevano veduto l'aia di un contadino tutta occupata da una mucchia di manne di grano. Ed era parso che dal tetto della casa grondasse giù la luce del sole e rimbalzasse in terra in un cerchio di fiamme.

Ma, da dove s'erano fermati, videro, in cima ad una collina alta, Vico Bello tra i suoi alberi fasciati da un muro: tutta la collina era verde di granturcheti, mentre gli olivi sembravano incolori e trasparenti. I filari delle viti ingrossati dalle proprie ombre.

Un mendicante si sedette su gli scalini della Cappella; alla cui meria erano anch'essi: se lo accennarono, sorridendo d'aver avuto lo stesso pensiero; e attesero che cominciasse a mangiare il pane che stringeva con tutte e due le mani.

La diligenza arrivò. Dentro, c'era una donna e un contadino dalla faccia smunta e la barba non rasata: un malato che la moglie aveva ripreso dall'ospedale. Egli reggeva accanto a sé un fazzoletto rosso, pieno di medicine; la moglie teneva su le ginocchia uno scialle bigio che gli avrebbe messo la sera. L'uomo aveva gli occhi velati, e pareva che si trovasse a disagio; come se avesse voluto che la diligenza non si fermasse, aspettandosi una cosa che li avrebbe disturbati.

Le tende, abbassate per parare il sole, ondeggiavano.

Il cavallo s'era arrestato con un movimento brusco, ripiegando le gambe di dietro. Era lungo e magro: uno di quei cavalli dalla testa alta e le mandibole enormi. Tra i finimenti, su cui luccicavano le borchie d'ottone, tutte le sue costole si dilatavano nel respiro. Un filo d'avena gli era rimasto tra le labbra grinzose, infilato sotto il morso. Si sorreggeva, appoggiandosi agli stanghini. Puzzava di sudore.

Pietro aprì lo sportello della carrozza, su la quale era dipinto lo stemma postale. Ghìsola salì, a capo basso. Poi fece comprendere che voleva essere baciata; e Pietro la baciò; ma le avrebbe detto: «Non sta bene qui!». Ella sorrise, a se stessa, di lui; mentre la diligenza si moveva.

Dopo aver dato un'occhiata ai due che le sedevano dinanzi, come se prima non se ne fosse né meno accorta, abbassò un'altra volta il capo e impallidì: aveva sentito una trafitta della maternità.

Pietro, con angoscia quasi mortale, aspettò invano che si volgesse.

*

Verso settembre, andò a trovarla a Radda.

Questo paese, il cui mucchio di case si continua a vedere, prima di arrivarci, per parecchi chilometri in fondo a un bosco, in cima a una collinetta, è così silenzioso che si ode parlare dentro le case dalla via.

Pietro era andato, fino alla Castellina, con la vettura di un suo conoscente che lo avrebbe atteso la sera per riportarlo a Siena.

Di lì a Radda, andò a piedi. Traversò tutto il bosco: tra i macigni e i cespugli di ginepri, tra le querci, sentiva di quando in quando l'odore lasciatovi da qualche gregge di pecore.

Vide il tabernacolo dipinto d'azzurro, sul margine della vecchia strada abbandonata; dietro tre cipressi smilzi, con i tronchi pieni di rigonfiature. E su gli avanzi del muro, che cominciava da quel tabernacolo, dopo pochi metri tutto caduto, l'edere insieme con un enorme biancospino.

Attorno, i bei boschi delle altre colline; sempre più chiusi e fitti, d'un colore che sbiadisce fino a divenire una trasparenza.

Incontrò Poggiarofani, un luogo dove si fermano i pecorai quando passano di lassù. Ivi la strada è più alta che altrove, tutta contorta, fatta di risvolte, di salite e di scese; tra l'Appennino aretino e il Monte di Santa Fiora, ma così lontani che paion d'aria come l'orizzonte.

Gli uccelli, alzandosi all'improvviso dalle valli, che si aprono da ambedue le parti, lo rasentavano. E, quasi non sapessero poi dove drizzare il volo, dopo un tratto a sghembo, risparivano nelle profondità.

Quando giunse al paese, stanco e irritato, aveva un'esaltazione che di quando in quando diminuiva; e allora le cose avverse gli s'affacciavano all'anima. Sapeva che il padre l'avrebbe maltrattato e che quasi tutti avrebbero pensato ch'egli andasse a trovare Ghìsola perché gli si dava.

Dopo le prime case, lasciò passare avanti una carrozza così polverosa che era doventata bianca.

Ad una donna che, scortolo, non gli aveva più tolto gli occhi di dosso, mentre la sua brocca, sotto il rocchio di una fontana, traboccava, domandò di Ghìsola. E seppe che stava in casa di Lucia, la sorella maggiore che s'era maritata. Si fece indicare l'uscio; e, trovatolo aperto, entrò; ma ridiscese per bussare.

Già tre altre donne, nella stradicciola, s'erano adunate per la curiosità di saper chi fosse. E, allora, per sottrarsi ai loro sguardi, salì senza attendere che gli fosse risposto.

Lucia, che l'aveva una volta conosciuto a Poggio a' Meli, gli andò incontro in cima alle scale. Ed egli, senza né meno salutarla, domandò: – Ghìsola dov'è?

Se Lucia non fosse stata la sorella, si sarebbe adirato perché subito, quasi non sapesse niente del bene che le voleva, non glielo aveva già detto.

Allora Lucia, visto il suo desiderio, rispose:

– È di sopra.

Egli le disse con collera:

– Chiamala... anzi, la chiamo io.

Ma Ghìsola si fece innanzi da sé, dopo aver prima sentito le sue parole.

In pochi giorni s'era fatta più bruna, e aveva una sottana sdrucita che toccava il pavimento.

E siccome ambedue se ne stavano in silenzio a guardarsi, Lucia tornò in cucina a far da mangiare.

– Perché non sei a casa dei tuoi genitori?

Ella lo guardò ancora, senza rispondere. Poi gli chiese con una meraviglia sincera:

– Mi vuoi sempre bene?

Ma egli s'inquietò e le disse:

– Perché mi chiedi così? Perché non ti dovrei amare?

E fece l'atto di torcerle un polso: ella con gli occhi fissi a terra, lo lasciò fare, senza curarsene.

– Tu non devi stare con questa veste... Se ti vede qualcuno?

E ripeté, per sapere com'ella rispondesse:

– Se ti vede qualcuno?

E siccome Ghìsola taceva come offesa, Pietro se ne pentì, come quando s'è percosso un animale e poi ci s'accorge che s'è fatto senza ragione.

– Ti si vedono le gambe... la sottana è anche aperta.

Quelle parole che non avrebbe voluto dire, lo facevano quasi piangere. E per evitare la tentazione sensuale, le prese un braccio spingendola nella sua stanza. Ghìsola si trasse indietro, perché la lasciasse: allora la veste finì di rompersi; ed egli le vide un fianco. Ella arrossì. Egli le nascose il volto abbracciandola, perché non si vergognasse di lui!

– Ti ho vista... ma non volevo.

Ella chiuse con una mano la sdrucitura, pronta invece a togliersi tutta la veste; e gli disse:

– Lasciami.

– Perché, dunque, stai così?

Domandò Pietro, pentito d'averla accarezzata in quel momento.

– Io faccio il comodo mio. Perché sei venuto a Radda? Sei venuto proprio per me? Ci sono altre ragazze! Anche tu l'hai con me?

– Devi tacermi qualche cosa oggi!

– Io ho sempre qualche cosa, dici tu, da tacere.

– Forse non è vero? Ti ho mai rimproverata senza alcuna ragione?

La gola gli si chiudeva, ed egli stesso aveva voglia di smettere.

– Ma se non mi vuoi così, perché....

– Perché ti voglio bene, non è vero?

Ella, allora, si mise a ridere, sempre più lasciva. Egli riprese, con le labbra che doventavano sempre più aride:

– Se non ti volessi bene, non ti dispiacerebbe forse?

E sorpreso del suo silenzio, aggiunse:

– Ti perdono. Dammi un bacio.

Ella si volse verso di lui con un atto lento e pudico, quasi avesse temuto di concedere troppo. Poi, quando furono per baciarsi, si ritrasse. Pietro le alzò il volto piegato in giù con forza, con tutta la sua volontà; e le disse:

– Non piangere.

Egli temeva di vedere quel tremolio interno delle labbra, per cui sembra che il pianto giunga come una sorgente profonda. Tenendole ancora le mani sopra le tempie, disse, più remissivo, quasi raccomandandosi, con disperazione:

– Ascolta.

Ella lo guardò.

– Forse non vuoi esser più la mia sposa?

Ella lo guardò ancora; poi, come gli riesciva bene, fece l'atto d'inghiottire le lacrime. E perché non pianse gli parve così buona da commoverlo.

Allora s'abbassò e le baciò tutta la gola, l'obbligò a guardarlo, affascinandosi degli occhi.

– Perché dovresti aver bisogno di tradirmi?

E disse la frase con la gola strozzata dalla repugnanza, con tutta la sua avversione morale.

Ella, al sospetto, tacque.

Pietro allora le riprese il volto con ambedue le mani, il suo volto rigido come la selce, glielo piegò in modo ch'ella dovette guardarlo: si torceva come il ramarro quando svolta e fugge.

– Tu hai pensato di non farti veder più!

Ella gli disse che aveva indovinato; svincolò le mani dalle sue, gli volse le spalle.

Egli l'esaminò così a lungo, impacciato.

Ma ella avendo paura ch'egli fosse capace di vendicarsi, gli si fece docile; e gli sorrise. Egli l'abbracciò e la baciò. Ed ella gli disse:

– Ma tu non ami proprio me.

Egli non comprese; e si abbatté su di lei, chiedendole:

– Perché dici sempre così?

Gli venne il sudore freddo; ma procurò di calmarsi, accarezzandola e dicendole:

– Non amo te, dunque?

Allora ella disse con calma, senza nessun sentimento:

– Tu sposerai un'altra.

Egli impallidì; ma ebbe la forza di fare alcuni passi verso l'uscio. Ghìsola, allora, gridò, per offenderlo:

– Mi vuoi bene così?

Per prima gli offrì la bocca; egli esitò, poi lasciò venire a sé tutta quella sensazione che lo ubriacava.

E Ghìsola, che voleva darglisi per fargli credere poi di essere restata incinta, gli chiese:

– Perché mi accarezzavi dianzi?

Pietro non glielo voleva dire. Ma Ghìsola esclamò:

– Lo so. Ho indovinato... Ora mi accarezzi in un altro modo! Anche tu mi desideri. È impossibile che tu possa farne a meno. Del resto, se tu vuoi, io son tua.

Ma Lucia chiamò dalla cucina, e mangiarono tutti e tre insieme: il marito della sorella era fuori di Radda.

Due ore dopo mezzogiorno, Pietro doveva già pensare a tornarsene via; e lo disse a Ghìsola. Ma ella, che se n'era dimenticata, esclamò tutta allegra:

– Dormi in casa nostra.

– Mio padre m'aspetta. Tu sai che doventerebbe più cattivo anche contro di te.

Ghìsola insisté:

– Dormi qui. Io verrò a baciarti come feci l'altra volta a Siena.

Egli temette, allora, che avrebbero anche potuto dormire insieme; e rifiutò. Ghìsola, indovinandolo, chiese:

– Ci stiamo insieme di giorno, senza far niente di male?

E, con un'aria innocente, disse:

– Ti giuro che tu mi rispetterai, perché tu non vuoi...

– No; prima devi essere la mia sposa. Sono io stesso che te lo dico, perché ti voglio bene.

Ma ella, con la carne imbevuta di voluttà, come una spugna d'olio, entrò in un'altra stanza, chiudendosi l'uscio dietro. Ricomparve quasi subito, mentr'egli non sapeva più se aspettarla o andarsene. Egli le disse, con voce quasi piagnucolosa, imitando la sua:

– Staremo insieme in seguito. Ora facciamo questo sacrificio. Dobbiamo.

La scosse, tenendola per la vita:

– Rispondi.

Ghìsola nascose il volto nel grembiule, fingendosi di un candore così naturale che avrebbe ingannato chiunque.

– Perché ti nascondi? Non ti nascondere. Non voglio.

Scesero, tenendo le mani intrecciate; e siccome ella aveva un'aria timida e pudica, egli n'ebbe compassione, e gli parve impossibile d'essere stato capace di rimproverarla.

In fondo alle scale, Ghìsola si appoggiò alla soglia. Egli mise un piede nella strada, ed attese qualche parola; ma siccome sembrava che a lui non ci pensasse né meno più, non le disse altro, e s'avviò a passi lenti fuori del paese; e più d'una volta avrebbe voluto tornare a dietro.

Ghìsola si riscosse, e guardò nel posto dov'egli era stato; e con le mani, che teneva insieme appoggiate allo spigolo della soglia, spinse innanzi tutto il corpo, discostandosi. Poi, rientrò in casa.

Con la sorella non disse né meno una parola su Pietro.

*

L'amore di Pietro era stato per Ghìsola il ritorno della coscienza. Ella sentiva che doveva ingannarlo, perché egli non la umiliasse. Più grande e folle era quell'amore e più ella si trovava nella necessità di difendersi; non perché lo desiderasse o perché volesse riabilitarsi, ma perché doveva impedire che Pietro sapesse tutto. Voleva essere la più forte, facendosi accettare com'era; per sentire anche lui in quella colpevolezza morale, che ella non aveva saputo respingere.

Se dopo partorito, fosse riescita a farsi sposare, era sicura di avere un sopravvento assoluto sul suo carattere; era certa di fargli credere quel che voleva!

Ma, in fondo, si stimava molto migliore e più desiderabile di quand'era soltanto una contadina sciocca e vestita male.

Si sentiva anche più intelligente e più astuta; e l'orgoglio non le permetteva di riconoscere la delusione dolorosa che avrebbe provato Pietro.

Ella voleva approfittarsi di lui soltanto perché era abbastanza ricco e poteva toglierla alla sua condizione sempre malsicura. Aveva timore d'invecchiare prima d'aver trovato un vero affetto. E perciò l'ostilità contro l'esigenza di Pietro che si fosse conservata onesta, doventava quasi odio; quando aveva paura d'essere scoperta.

Sentiva che anche l'ingenuità di lui era un contrasto serio; non una debolezza di cui potesse sorridere tranquillamente. Ed ogni giorno più si sentiva mancare il terreno, perché Pietro era sempre lo stesso; pronto con la sua adorazione ad offenderla, senza ch'egli se n'avvedesse.

Lo considerava egoista; giustamente da un certo punto; perché non l'avrebbe mai scusata se fosse trapelato qualche cosa. Doveva dunque non esser contenta ch'egli l'amasse in quel modo; ma, per rifarsi della continua umiliazione, non pensava affatto di cambiare vita finché non ci fosse costretta. Sentiva solo una specie di rimorso, che le faceva simpatico Pietro.

È vero, però, che non pensò mai che avrebbe dovuto fin dal primo giorno parlargli più chiaro, finché avesse capito!

Pensò, invece, che non l'aveva ingannato fino al punto da dargli a intendere ch'era incinta per colpa sua!

Ma aveva anche da vendicarsi con Domenico: far perdere così la testa al suo figliolo era un piacere maligno.

Inoltre, la pretesa di Pietro la faceva ridere come un'insipida sciocchezza; che un giovine non avrebbe né meno dovuto avere.

Ma che andava cercando? Perché, dunque, amava lei e non qualche signorina di Siena, una signorina della sua condizione?

È vero, però, ch'ella se ne teneva per i suoi nonni e per tutti gli altri parenti. Era capace di doventare una signora, e di vivere senza lavorare; quindi, dovevano tenerla molto in conto. E, poi, ella non aveva fatto niente per piacere in quel modo a Pietro e perché egli si ricordasse di lei: Domenico, dunque, doveva stare zitto. Era piuttosto il figliolo che s'approfittava di lei, perché era stata la loro assalariata; era lei che doveva fidarsi del suo figliolo!

E, nello stesso tempo, ricordava molte cose del tempo ch'era stata a Poggio a' Meli. Ci s'era affezionata; e, tornataci, le piaceva di sentire i complimenti che le assalariate le facevano; complimenti, è vero, un poco ambigui perché le lasciavano capire che non avevano per lei la fiducia di Pietro; e né meno quella compiacente di Giacco e Masa.

A Radda i suoi genitori non avevano osato dirle niente; perché ella, la prima sera, entrando in casa, disse che sarebbe tornata via subito e che a loro non doveva importare niente delle chiacchiere sentite sul suo conto anche perché non erano vere.

Ma gli stessi suoi genitori se ne tenevano che fosse vestita meglio perfino della figliola del sindaco, ch'era ricchissimo. Le sorelle ne sentivano invidia, e dentro di sé dicevano ch'era molto più furba di loro. E siccome le volevano bene, i parenti erano i primi a difenderla.

Borio era morto d'una polmonite; e quel fattore suo rivale s'era fatto vecchio anzi tempo; e, a Ghìsola, quando la vide due o tre volte, dette del lei arrossendo e levandosi il cappello.

Anche in paese, non la giudicarono troppo male; e, del resto, si sparse subito la voce che doveva sposare il figliolo del padrone del *Pesce Azzurro*.

Tutti si ricordavano del tempo passato, ma ci ridevano senza cattive intenzioni; trovando perfino ch'era sempre stata una buona ragazza, benché avesse dato qualche scandalo. E, poi, portavano rispetto ai suoi genitori piuttosto poveri.

Ma Ghìsola, dopo che l'amico di Badia a Ripoli l'aveva lasciata, sentì una certa paura di se stessa.

I mesi di Badia a Ripoli le tornavano a mente spesso; perché là si era divertita a esser libera e sola, e sicura che tutte le sere il signor Alberto tornava a casa.

È vero che doveva star fuori di Firenze, piuttosto in campagna; ma non le mancava mai niente. E a Firenze, purché accompagnata, ci poteva andare quando avesse voluto.

Aveva la camera che dava in quel giardino, di cui Pietro aveva avuto paura; e la stanza da pranzo su la strada, senza che ci fossero altre case davanti.

C'era invece un muricciolo ch'era più basso delle spighe del grano, e un cipresso che d'estate si copriva di convolvoli. Sul muricciolo, coperto e riempito sopra à calcina sola, nascevano le primole e quell'erba che fa i fiori gialli.

Più discosto, un rigagnolo chiaro che luccicava, dove lavavano i panni e poi li tendevano sul prato del campo; accanto a un cancello tra due pilastri quadrati, sopra i quali due cani di terracotta si guardavano.

Il grano s'impolverava, e i cenci ad asciugare volavano per aria; come gli aquiloni che i ragazzi lasciavano venire dal Campo di Marte.

Da un balcone della cucina, s'affacciava per chiamare la fruttivendola; e di là su ordinava quel che voleva, perché le ceste delle frutta erano esposte proprio sotto. Un poco più in là, c'era un pizzicagnolo che vendeva anche il vino; e quando veniva il vento da quella parte, si sentivano gli odori della sua bottega. Nelle altre case più vicine, ci stavano famiglie d'impiegati piuttosto ricchi, e qualche ortolano. E siccome ella viveva per conto suo, nessuno aveva pensato a scandalizzarsi.

Ora doveva guadagnare giorno per giorno; ma, più affondava e si corrompeva nella sua vita, e più era in grado d'apprezzare Pietro; appunto perché si sentiva addirittura incapace di essere almeno un'ora come voleva lui. Perciò gliene importava sempre meno; e non aveva più quel disagio morale, che le dava fastidio i primi mesi.

Era, ormai, a quel modo; e ogni giorno ci si rassegnava sempre di più; anche perché era inutile smettere.

Le lettere di Pietro le facevano l'effetto ch'egli le pensasse per qualche fidanzata ingenua e buona. E lo compativa, sorridendo.

*

A settembre egli tornò a Firenze con il pretesto degli esami di riparazione; quantunque si dolesse di perdere il tempo inevitabilmente, trovando giusto, come un castigo, di star lontano dai suoi libri, dai suoi compagni che non lo salutavano né meno più. Gli faceva l'effetto di nascondersi, e di compromettersi verso tutti. Ma quella volontà d'inabissarsi, che nasceva da un'angoscia, gli faceva gonfiare il cuore: il cuore gli batteva in un altro modo!

Dalla sua casa di Via Cimabue, non esciva ormai che per mangiare. Ma non gli era possibile altrimenti, sebbene gliene rincrescesse e fosse tentato di vincersi.

Ghìsola, già a Firenze prima di lui, stava in una di quelle case che si chiamano private; dove guadagnava molto bene. E, informata da una lettera di Pietro, respinta da Radda, andò subito da lui: anche per allontanare qualunque sospetto.

Quando la padrona, che l'aveva fatta passare, si mosse per chiamarlo, ella fece cenno di no; e, cammimando senza farsi udire, batté con la punta delle dita alla porta della camera. Egli, indovinando ch'era lei, balzò in piedi ed aprì.

Ghìsola finse di non voler entrare. Egli la portò dentro; e la baciò, tremando tutto. Ella disse, sorridendo e schermendosi:

– Non voglio più!

Poi si sedé; dopo essersi tolto il cappello, che mise su le ginocchia. Ma egli ebbe un tuffo caldo al cuore, e sentì arrossarsi la faccia perché non poté fare a meno di chiederle:

– Perché eri già venuta via da Radda senza avermelo scritto?

Ed ella, con il suo bel viso che talvolta pigliava una purezza assoluta, rispose senza badare a quel che diceva:

– Sono arrivata ora. Ha voluto, per forza, che tornassi la mia padrona di Badia a Ripoli. E a Radda non ho potuto a nessuno dettare la lettera per te, perché non volevo far sapere che ci vediamo. Non ho agito bene?

– Tanto. Ti riprende lei, dunque?

– Sì.

– Allora sono contento. Ma non puoi almeno per oggi restare con me?

– Ho già pensato a chiederle il permesso.

Egli, credendole, l'abbracciò in un impeto di riconoscenza.

Escirono subito insieme; e andarono a spasso per Firenze. Mangiarono; e, poi, si trattennero a parlarsi in uno di quei sedili del giardinetto di Piazza San Marco, dove vendono i brigidini e i semi di zucca ai soldati e agli oziosi.

La sera ella gli disse, ridendo:

– Devo andarmene, perché, se faccio troppo tardi, un'altra volta non mi lascerebbero libera.

E si lasciarono: egli non pensò né meno di curarsi dove andava.

L'attese tre giorni sempre chiuso in casa; imaginandosi di confidarle tutto degli esami; e non sapeva se a Ghìsola gliene importasse o no. E questo proposito gli dava un godimento quasi voluttuoso.

Gli erano insopportabili i rumori, anche lievi; trovando rimedio nel lasciarsi assopire sul letto. E allora gli pareva che le tempie battessero con meno fatica; e che il cuore gli si gonfiasse senza ch'egli ne sentisse la gonfiezza. Ma le sue mani fredde gli facevano un senso di pena e di paura, ricordandogli la sua vita a Siena.

Se non avesse temuto di far dispiacere a Ghìsola, l'avrebbe pregata, con tutta la dolcezza che ne provava, ad uccidersi con lui.

Ma quando Ghìsola tornò a trovarlo, tutto cambiò. L'avrebbe trattato da pazzo, ridendogli in faccia, con quel suo riso di cui egli aveva spavento, benché la facesse più bella!

Stettero insieme un altro giorno intero, come l'altra volta; e, poi, non si videro più.

*

A Siena, Pietro inventò che gli esami erano andati male. Egli si sentiva sempre di più una vittima di quelle ingiustizie, contro le quali tutti avrebbero dovuto insorgere d'accordo.

Domenico gridò:

– Che hai fatto? Se tu avessi studiato... Sei convinto che non sei nato per la scuola?

La collera gli parve meritata, ma gli bastava che egli non facesse alcuna allusione a Ghìsola.

Il suo malumore e la sua ansia si riaprirono; e, questa volta, peggio, perché l'amore per Ghìsola cresceva sempre. Tutte le altre cose non lasciavano traccia, come se non lo riguardassero né meno.

Sentiva d'esser caduto dentro un vuoto, dal quale non sarebbe più uscito. Ma doveva incolparne Ghìsola? No: soltanto se stesso; anzi, si credette perduto dinanzi a lei. Ma pensava, ogni mattina, destandosi: «Se non ci fosse Ghìsola, io mi ucciderei!». E vedeva ritrarsi tutta la tranquillità morale, a cui s'era soltanto avvicinato.

*

Domenico non manifestò subito l'impazienza che aveva di veder Pietro occuparsi degli affari. Ma come le conversazioni doventavano di quell'affabilità affettata, che cela in sé gli scoppi della collera, così anche evitarono di parlarsi. Tutti tenevano dalla parte del Rosi, e si aspettavano una leticata. Pietro lo capì, fingendo di non accorgersi di quello che pensasse suo padre quando lo guardava quasi di sfuggita.

Domenico talvolta si stimava un uomo semplice e rozzo dinanzi a un raffinato ed un cattivo. E allora temeva d'averne la peggio.

Che cosa erano valsi i lunghi sforzi, di cui aveva riempito tutta la vita? Morendo, non avrebbe consegnato al figliolo ciò che aveva potuto strappare con il lavoro e l'astuzia? E proprio il figliolo non l'apprezzava? Proprio il figliolo voleva mandare in rovina il patrimonio?

Allora si accorse dell'errore che aveva fatto, accordandogli troppo anche a riguardo di Ghìsola. Egli stesso l'aveva accolta in casa! Ed ora, la disonesta, glielo metteva contro, insegnandogli ad odiarlo!

Gli parve un tradimento cercato: il seminario, l'accademia di belle arti, la scuola tecnica, l'istituto tecnico, i maestri privati, tutto!

Questi pensieri li aveva avuti tante volte, che stimava essere il momento di non lasciarsi sopraffare.

Seduto su la sedia che gli serviva da più di venti anni, lo seguiva con lo sguardo, tenendo le mani in tasca dei calzoni e appoggiando al muro il capo già calvo. Ma non diceva niente, procurando di distrarsi con i servi e con qualche cliente che andava a salutarlo.

Pietro pensava a tutte le cose famigliari che avrebbe voluto possedere per sé e per Ghìsola.

Pensava al lume così quieto e sempre eguale, con la campana di latta. Pensava alla poltrona della mamma, sotto il cui guanciale era una specie di cassetto di legno, dov'ella aveva tenuto i gomitoli delle lane e i suoi due soli libri, due romanzi a dispense illustrate. Pensava ai quattro guanciali a cui ella s'appoggiava; i quali si erano deformati ciascuno in modo riconoscibile. Pensava all'odore dell'acqua di Colonia, alle boccette antisteriche, ad una crocettina d'oro consunto.

Prima d'addormentarsi nel suo letto duro, ricordava tutte le cose più note; alle quali portava un'affezione intensa per quanto incosciente. Gli pareva di dover dare un'altra impronta e un altro significato a tali cose. Ghìsola sarebbe stata la rinnovatrice. Ed egli provava la stessa dolcezza che aveva provato stando insieme con lei.

Spenta la candela, si voltava dalla parte del muro e dormiva.

Domenico, verso la mezzanotte, attraversava la camera, con in mano la lucerna d'ottone. E allora Pietro si destava e gli veniva voglia d'alzare il capo. Ma l'altra porta si richiudeva; ed egli rimaneva con quello scontento di quando è interrotta una disposizione d'animo.

La mattina, Domenico esciva prestissimo senza dir niente a lui, che si provava a dare un'altra intonazione a quei sogni che si hanno durante il dormiveglia quando pare che siamo in grado di smettere o di continuare il sonno.

Si sedeva al suo tavolino, senza far niente, con i ginocchi appuntati sotto il cassetto. Gli pareva impossibile che tutte le cose si disinteressassero di lui; mentre la sua memoria sensuale gli produceva una sovreccitazione inebriante.

Si commoveva, dunque, d'esser destinato soltanto a soffrire: «Perché io non posso vedere Ghìsola? Nessuno è costretto come me a rinunciare a tutto. E nessuno se ne immischia. Non so spiegarmi come agli altri sia possibile avere qualche occupazione ch'io non avrò mai: il vetturino frusta il cavallo per far più presto; gli spazzini annaffiano».

Ma evitava d'entrare nella bottega, fino all'ora del pranzo. E doveva aspettare il momento opportuno, perché anche il cuoco non gli rispondesse male; accontentandosi di quello che gli davano, e prendendo da se stesso il pane e le posate nella dispensa.

Egli che aveva amato idealmente gli altri, provava ora uno struggimento amaro. Ma c'era caso che suo padre gli dicesse:

– Non stare nel mezzo, mentre passano i camerieri. Tu non lavori!

Poi esciva di bottega, perché non volesse obbligarlo a lavorare. «È possibile ch'io sia costretto a correre dal pizzicagnolo, a comprare il formaggio? Oppure a prendere una sporta e farla riempire di pane? Oppure discutere con qualcuno che vuole scemare il conto? Ghìsola, del resto, non acconsentirebbe più a sposarmi».

Un giorno, ricevette una lettera. La calligrafia della busta gli dette subito il senso di un avvenimento inevitabile. Non voleva aprirla. E lesse: «Ghìsola lo tradisce. Se vuole averne la prova, vada in via della Pergola...».

Vi era il numero della casa, e un nome di donna; forse, falso.

Gli parve che queste parole risolvessero una cosa inspiegabile. Egli pensò: «Vi deve essere un vero motivo».

E tutte le avversità dolorose gli comparvero l'una dopo l'altra, provando meraviglia della compassione che una persona ignota aveva avuto di lui.

Poi rifletté al modo di trovarsi i denari per andare a sorprendere Ghìsola. Rebecca non glieli voleva prestare, rimproverandolo che non le avesse restituiti né meno gli altri. Ma Pietro insisté:

– Come vuoi che possa chiederli a mio padre?

– Se li faccia dare da qualche suo amico.

Intanto si mosse verso il canterano, determinata di prestarglieli perché appurasse l'innocenza della nipote. Ma innanzi prese una pezza pulita per il suo bambino, che teneva in collo. La distese sopra il letto, buttò quella sporca sotto l'armadio; e pareva che il bambino, piangendo, le facesse dimenticare il denaro.

Tenne ancora il capo giù, come per riflettere: se fosse valso, sarebbe andata invece di lui da Domenico; ma per quello scopo non c'era da immischiarsene! Gli disse:

– Non può fare a meno d'andare subito domattina?

Egli rispose:

– È possibile dopo che ho ricevuto questa lettera?

Ella comprese e sospirò. Egli, aspettato un poco, disse: – Dammeli.

– Quanti gliene occorrono?

– Più dell'altra volta.

– Dio mio, come faccio a trovarli! Perché non pensa a metterli da parte un pochi per settimana?

Egli si rammaricò di non averci mai pensato; e gli parve inspiegabile.

– Farò così da qui innanzi. Questa volta... dammeli tu.

Se avesse dovuto attendere ancora, non avrebbe avuto l'animo d'insistere; ma Rebecca, credendo alla sua promessa, cedette.

Pietro contò da sé i denari; mentre ella, appoggiandosi al cassetto aperto, lo guardava in viso. Le sorrise e la ringraziò.

Rebecca, accompagnandolo in cima alle scale, gli raccomandò ancora:

– Pensi che me li deve restituire.

Era vero che Ghìsola si faceva spedire le lettere a Badia a Ripoli; ma non poteva darsi che avesse cambiato dimora soltanto da pochi giorni? Di che cosa poteva trattarsi?

Si sforzò di definire tutte le specie di dubbii; ma poiché non ne teneva nessun conto, gli fu impossible rispondersi. Per la prima volta, tutto il cumulo delle cose tristi gli parve lontano da sé e che gli fosse possibile distruggerlo. Tutte le sofferenze gli parvero esteriori, provando una piccola felicità che non somigliava a nessun'altra. Pensò: «Perché ho creduto subito alla lettera?».

Durante il viaggio, gli sembrò d'essere in uno stato d'incoscienza e con la febbre. Ma aveva fretta di giungere.

Il treno correva vicino all'Arno, la cui acqua luccicava come se migliaia di specchi vi si rompessero insieme; oltrepassava le pinete a picco, acuminate, ancora sparse d'ombre violacee, tra i pioppi bianchi e tremuli, dietro i pali telegrafici, i cipressi a fasci, cipressi come rinchiusi dagli altri cipressi. Andava verso la città sovra la quale si raccoglieva una dolcezza d'azzurro, tra le colline l'una più soave dell'altra. Quella bellezza meravigliosa l'umiliava. Mentre l'amore, che fino allora aveva portato a Ghìsola, gli pareva un'indegnità abominevole senza saper perché: «È possibile che io non la debba amare?».

*

Entrò nell'uscio indicato dalla lettera, passando tra alcune donne che non si scansarono. La scala era buia e sudicia, con odore di lezzo e di cipria.

Al primo piano, dalla porta aperta un poco, scorse, con una vestaglia rosea, una prostituta; che lo guardò quasi ironicamente.

Al secondo piano era un altro appartamento aperto lo stesso. Si soffermò per ascoltare: udiva alcune voci allegre di donne; una canticchiava. Se ne dette la peggiore spiegazione e poi la migliore. Ma rabbrividì: «È possibile che Ghìsola si trovi in mezzo a tale gente?». E, come per fuggire, salì più in fretta gli altri scalini.

Si fermò, con il respiro mozzato, all'ultimo piano. Vi era un salotto con una tavola ovale in mezzo: la vista gli si offuscò. Allora intravide, confusamente, una donna distesa in un canapè, che conversava con un soldato; il cui berretto era distante da loro, sopra una sedia.

Questa donna ebbe paura di Pietro, che la fissò stravolto. Toccò con una mano il ginocchio del soldato, ed ambedue gli posero gli occhi addosso. Egli fece un altro passo, ma gli pareva di non avere più gambe: era come dinanzi ad un incubo improvviso; a cui non voleva credere. Balbettò qualche cosa, ma la donna non rispose. Allora egli si convinse d'averla offesa e stava per andarsene. Ma in quel momento, Ghìsola s'avanzò da un uscio aperto. Scorgendolo, si arrestò subito; impallidì fino quasi a svenire; ma poi tornò a dietro, sorreggendosi con un gomito lungo il muro, come torna indietro un topo mezzo schiacciato dal colpo avuto.

Per non soccombere alla sensazione che Pietro aveva di perdere l'equilibrio, dopo essersi sentito afferrare come da una forza, la seguì a caso in una stanza di cui vide soltanto la finestra.

Ella si era già tolta la giacchetta troppo sporca, quando egli entrò; ma aveva dovuto sedersi, perché fosse meno visibile il profilo della gravidanza.

Egli si curvò a baciarla, quasi piangendo:

– Perché stai così?

Ella non sapeva quel che rispondere: «S'è accorto che sono gravida? E quando glielo devo dire? Mi aspettavo che avvenisse questo». Poi parlò:

– Sono tutte donne qui.

Egli, istantaneamente, non le credette più, e rispose:

– Ma io non voglio. Rivestiti. Perché hai questo livido nel braccio?

Ella temeva d'imbrogliarsi, ma rispose:

– Mi son morsa da me.

Egli pensò che poteva esser vero. Poi, dopo una pausa, nella quale sperò che tutto si dissipasse, le disse:

– Andiamo via di qui, ti voglio parlare.

– Stiamo qui. Io non esco oggi.

Ci fu un'altra pausa, che gli fece pensare: «Perché non ho

chiesto di quale specie è il tradimento suo? Così non mi accerterò mai di niente. Che posso dirle?».

– Non mi piace questa casa. E che casa è?

– Te lo dirò; non c'è niente di male.

Ella aveva deliberato più d'una volta di confessargli la gravidanza; ma ora le parve impossibile; e voleva nasconderla proprio davanti alla sorpresa. Egli si decise a parlare più in fretta:

– Alzati.

Entrò la padrona dell'abitazione: una donna robusta e tarchiata, con una cintola di cuoio bianco intorno alla vita; una levatrice che teneva a retta le partorienti.

Pietro si volse a lei intimorito dell'effetto che i suoi sospetti avrebbero potuto produrle. Cercò di spiegarle perché si trovasse lì. La donna, che sapeva tutto, non vide nessun riparo per Ghìsola; e temette ch'egli l'avrebbe uccisa.

Ghìsola guardava la finestra, per buttarvisi; con un impulso isterico, reso più possibile dalla sua gravidanza.

La donna s'indugiò, accomodando il lavamano, ripiegando una salvietta, vigilando Pietro con la coda dell'occhio e cercando di chiedere a Ghìsola quel che dovesse fare.

Pietro aspettava ch'ella se ne andasse, mentre tutti i suoi gesti lo impazientivano. In fine, con grande sforzo, le disse:

– Voglio restare solo con Ghìsola.

E Ghìsola, avendo nel frattempo infilata un'altra camicetta, senza alzarsi dal canapè e senza che egli vedesse niente, rispose:

– Vada pure... Ci penso io.

Ma il suo terrore non diminuiva; e le pareva che avrebbe dovuto inginocchiarsi subito.

La donna escì con circospezione; e non chiuse l'uscio, ponendosi ad origliare. Pietro, accorgendosene, prima di chiedere qualche spiegazione, volle chiuderlo; ma non riuscì a spingere il chiavistello. Nondimeno non avrebbe voluto offendere Ghìsola, con le domande che doveva fare, più propenso ad attendere ancora.

Ella si alzò:

– Non chiudere... Non ci ode nessuno.

Allora egli, voltandosi a lei con uno sguardo pieno di pietà e di affetto, vide il suo ventre.

*

Quando si riebbe dalla vertigine violenta che l'aveva abbattuto ai piedi di Ghìsola, egli non l'amava più.